Sakura Blood!

By Yuuri Matsumoto

AF188767

1

Herstellung und Verlag:

Books on Demand, Norderstedt

ISBN: 978-3-7481-8537-6

www.bod.de

Prolog!

Kyoto, Dezember 1984.

Der eisige Wind schnitt in Hanas Haut.

Es schneite so stark, dass ihre Fußspuren vom Schnee verschluckt wurden.

Als wäre sie nie da gewesen. Hana machte

sich auf den Weg ins Vergnügungviertel.

Als sie um die Ecke bog, kam sie an dem alten Teeladen vorbei. Ihn gab es schon ewig in diesem Viertel.

Die ganze Hikara Gasse war bekannt. Bald schon würden sie alles hier verkaufen und Hana? Sie würde eine andere Arbeit finden müssen.

Nicht, dass sie ihren Job groß liebte, aber in den letzten Wochen gab es Hoffnung für sie. Sie war verliebt und hoffte, dass sie endlich Hikara den Rücken zuwenden könnte.

Sie war eine Konkubine, Hana wurde für Sex bezahlt und Ausländern gefiel das. Sie tat was sie wünschten, ohne mit der Wimper zu zucken. Es war eben nur ein Job, mit dem sie Geld verdiente.

Hana war eine von vielen, und nicht die

Letzte, die in dem Geschäft ihren Unterhalt verdiente.

Aber die Zeiten hatten sich geändert, reiche Investoren kauften das Viertel Stück für Stück.

Sie wollten aus diesem Profit schlagen, die Ausländer rein locken, mit Bars und Restaurants.

In der fernen Zukunft würde sich alles ändern. Und vielleicht war das die Chance für Hana.

Sie hoffte, dass er schon da war, sie hatte wundervolle Neuigkeiten. Sie betrat das alte Haus, es war noch kein Publikumsverkehr. Es wurde ja erst in einer Stunde geöffnet. Die Wände bestanden aus Papier, wie es üblich war.

Eine Treppe führte nach oben, in den Saloon.

Eine weitere Treppe führte hinauf zu den Zimmern. Der Flur war mit blauen Teppichen ausgelegt, in der Mitte bereits ziemlich ausgetreten, doch an den Rändern erkannte man die eins leuchtend blaue Farbe. An den Wänden hingen Ölgemälde von Konkubinen die vor langer Zeit sehr beliebt gewesen waren. Alte Holzschnitte hingen in den Räumen. Sie zeigten Geishas. Hier und da blätterte die einst goldene Farbe von den Wänden. Kleine Tische mit Blumenvasen darauf standen an den Wänden. Der Flur war sehr schmal geschnitten. Natürlich hatte das Haus eine Mutter, eine biestige alte Frau. Ihr Gesicht war voller Falten. Und trotz der Schminke wirkte sie verbraucht. Eine alte abgehalfterte Hure. Sie saß in ihrem Zimmer und zog an ihrer Zigarette. Sie hob den Kopf und trübe Augen sahen Hana an. Ihr Haar war schlampig hochgebunden und ihr Kimono war so oft geflickt, dass er abgenutzt und schäbig aussah. Die Farben waren verblasst, die Motive verschwommen. Es gab wohl eine Zeit, in der dieser Kimono prachtvoll und edel wirkte, doch diese Zeiten waren vorbei und der Glanz verblasst. Hana ging die Treppe hoch, um in den Saloon zu kommen. Sie hatte kein Mitleid, aber sie hatte Angst das sie in Ayami ihre Zukunft sah. Sie schüttelte den Gedanken ab und betrat den Saloon. Alte Möbel waren der Blickfang des Raumes. Die Polster waren schon leicht zerschlissen und abgenutzt, ohne Zweifel hatte die Möbel schon viel erlebt.. Mit der Zeit war der Teppich ausgetreten, selbst die Bilder an der Wand die noch auf altem Papier

9

gemalt waren, verblassten mittlerweile. Das Haus hatte in den Jahren an Glanz eingebüßt. Der Holzboden unter dem Teppich knarzte bei jedem Schritt. Die kleinen Fenster ließen nur ein wenig Licht herein. Deswegen brannten Stehlampen sowie Lampen, die an den Wänden hingen. Hana erinnerte sich, dass hier früher nur Kerzen Licht spendeten. Dass es Strom gab in den Häusern, war auch erst seit 4 Jahren so.Die Häuser wurden ans Stromnetz angeschlossen, damit die Stromnetze ausgebaut werden konnten. Das Viertel an sich war für seinen alten Charme bekannt. Doch nun wo Investoren das Viertel kauften brauchten sie auch Strom. Aber ihr Blick wurde nicht von alten Möbel gefesselt oder Lampen. Nein, es war eine Gestalt, die da in einem der alten Sessel saß.

Marek Boskovski!

Ein junger Mann aus Russland, seine Eltern waren reiche Unternehmer. Und irgendwann würde er alles übernehmen. Aber nicht deswegen liebte Hana ihn, nein sie liebte ihn, weil er ihr das Gefühl gab, sie sei etwas Besonderes.

Sie lächelte und lief auf ihn zu, Marek hob den Kopf.

»Hana, so schön wie immer.«

Ihre Lippen umspielten ein Lächeln als sie geschmeidig wie eine Katze näher kam.

» Nun Marek, ich muss dir was erzählen, ich erwarte ein Baby von dir.«

Marek blinzelte und blieb wie versteinert sitzen. Ein Baby? Das konnte er sich doch nicht leisten. Er hatte kaum Geld und sein Vater würde sich bedanken. Er biss sich auf die Lippe.

»Entschuldige wenn ich frage, bist du sicher, dass es von mir ist?«

Hana wirkte ein wenig betroffen, als sie ihn ansah.

»Natürlich! Ich arbeite hier, aber ich weiß noch von wem ich ein Kind erwarte. In den letzten 6 Wochen warst nur du mein Kunde. Und ich bin in der 4. Woche«, gab sie beleidigt zurück.

Marek tat es sofort leid, aber hatte er nicht ein Recht, das zu fragen? Sie war eine Konkubine. Aber ein Kind passte nicht in sein Szenario und wenn er es ihr sagte? Nein das wäre unglaublich dumm. Frauen die Rachegelüste haben sind gefährlich.

Also musste er sich was einfallen lassen, er lächelte und noch war das Kind nicht da. Und es würde wohl kaum heute Abend kommen. Ein paar Monate hatte er ja noch.

Ja natürlich mochte er Hana, aber sie war eine Hure und bei aller Liebe sicher niemand, den er seinen Vater vorstellt. Verflixt jetzt wurde es kompliziert, wieso zum Teufel wurde sie auch schwanger. Er beließ es erst mal dabei, und verschwand mit Hana in eines der Zimmer. War er doch hier, um sein Vergnügen zu haben und nicht um über ungeborene Kinder zu reden.

Die Monate vergingen, Marek zog sich immer mehr von Hana zurück. Sie war nicht dumm und sie merkte es.

So erlebte sie alleine wie das kleine Leben in ihr heranwuchs. Die ersten Tritte und natürlich auch die negativen Seiten. Aber Hana freute sich, sie spürte wie ihre kleine

Tochter putzmunter in ihrem Leib Purzelbäume schlug. Das Wölben ihrer Bauchdecke fühlte sich interessant an.

Aber sie wusste auch, Marek wollte dieses Kind nicht und als der Tag kam an dem sie ihre Tochter zur Welt brachte, war sie auch alleine.

Erst Monate später ließ sich Marek blicken.

Er betrat ihr kleines Apartment, da Hana nicht reich wurde durch ihren Job, das meiste Geld ging an die Hausmutter. Konnte sie sich nur ein kleines schäbiges Apartment leisten.

»Ich dachte, du kommst gar nicht mehr? Marek du willst das Kind nicht. Aber sie ist da.«

Marek schritt durch den kleinen Raum, er stellte sich ans Fenster und sah heraus. Das Apartment von Hana war nicht sehr weit von der Hikara Gasse entfernt. Es hatte nur zwei Räume. Und seit ihre Tochter da war, schlief sie im Wohnzimmer. Damit die Kleine ein Zimmer hatte. Es war nicht sehr groß.

Es müsste aber erst mal reichen. Sie hatte nicht viele Möbel, grade mal einen Tisch in dem Wohnzimmer. Der Boden war mit Tatami Matten ausgelegt. Die Wände zur Küche waren aus Papier. Sowie die Wände vom Kinderzimmer zum Flur und Bad. Der Boden war aus Holz. Die Küche war grau. Das Bad hatte weiße Fliesen.

Regen setzte ein, aber selbst der konnte die nächsten Worte von Marek nicht wegspülen.

»Hana? Ich kann mir kein Kind leisten, in den letzten Monaten hat mich mein Vater in das Geschäft eingeführt. Wen ich ihm sage, ich habe eine Konkubine geschwängert. Wird er mich enterben.«

Sie glaubte nicht, was sie da hörte, war das Geld, sein Ansehen, wichtiger als seine Tochter?.

Hana war enttäuscht und verletzt, sie hob den Kopf und Zorn spiegelte sich in ihren Augen wider.

Wie konnte er plötzlich so kalt sein? Sie erhob sich und strich ihren Kimono glatt, ihr schwarzes Haar hing ihr über die Schultern.

»In diesem Fall haben wir uns dann nichts mehr zu sagen Marek, ich möchte das du gehst und nie wieder kommst.«

Marek drehte den Kopf, er sah sie an.

»Und dass du es weißt, dein Vater wird es erfahren, ich sehe nicht ein. dass du mich jetzt wie Abfall wegwirfst. Ganz bestimmt nicht.«

Sie drehte sich um, öffnete die Tür damit Marek das Zimmer verlassen konnte. Ob es eine Panikattacke war, dass weiß man nicht. Sie hatte ihm gedroht und das konnte Marek nicht auf sich sitzen lassen. Wer war sie denn?

Er leckte sich die Lippen und seine Augen huschten im Zimmer herum. Mit einem Satz war er an der Tür und schloss sie. Hana hob überrascht den Kopf. Sie zog an der Tür, doch Marek lehnte sein Gewicht dagegen.

»Lass mich raus, spinnst du jetzt?«, zischte sie leise.

Marek lächelte schief und drückte sich weiter zwischen Hana und der Tür.

»Nein, das kann ich nicht machen. Du wirst mir nicht alles kaputt machen.«

Hana funkelte ihn an, sie versuchte, mit aller

Kraft Marek wegzustoßen. Er war überrascht und packte ihr Handgelenk und zog sie zu sich. Hana stolperte und fiel auf die Knie. Fast wie von selbst nahm er die Statue auf dem Tisch direkt neben der Tür. Ein Fabelwesen, noch immer hielt er ihr Handgelenk fest. Irre Auge starrten auf Hana runter, er hob den Arm mit der Statue. Hana sah auf und ihn mit weit geöffneten Augen an. Ein erstickter Schrei löste sich aus ihrem Mund und Marek schlug ihr die Statue auf den Kopf. Immer und immer wieder schlug er auf Hana ein, bis ihr lebloser Körper zusammensackte. Er wankte zurück spürte die Fensterbank hinter sich und setzte sich erst mal.

Er lehnte den Kopf zurück und ließ die Statue fallen, sie rollte leicht über den Boden und verteilte ein wenig Blut auf den Tatami Matten. Er schloss die Augen, noch nie hatte er getötet.

Er brauchte einige Minuten, um sich zu sammeln, um zu begreifen was er da getan hatte. Das Herz raste in seiner Brust und seine Hände zitterten.

Er bedeckte Hana's Körper nur mit einem Tuch, das Blut sickerte durch und verfärbte es langsam.

Tief atmete er durch und zündete sich erst mal eine Zigarette an.

Doch ein Schrei riss ihn aus seinen Gedanken. Marek drückte die Zigarette aus und rutschte von der Fensterbank. Er hob die Statue auf und ging den kleinen Flur entlang.

Er schob langsam die Tür auf, sein Blick fiel auf eine Wiege. Viel war nicht in dem kleinen

19

Raum.

Die Wiege, ein Wickeltisch und ein kleiner Schrank. Das Fenster war nicht groß und so gab es nicht soviel Licht in dem Raum.

Marek lief langsam auf die Wiege zu er sah hinein. Dort also lag seine Tochter, er starrte sie an. Marek neigte den Kopf er hob die Statue, das Kind strampelte und quietschte leise.

Er ließ die Statue wieder sinken, er konnte kein unschuldiges Baby töten.

Marek schloss die Augen und gab der Kleinen den Schnuller, dann drehte er sich um und verließ den Raum.

Sein Ziel war die Küche, er steckte die Statue in einen Plastikbeutel. Verstaute ihn unter seiner Jacke. Dann versuchte er, so gut wie möglich, seine Spuren zu verwischen. Er hob

Hana hoch, da es schon Nacht war und diese Gegend sehr ruhig, brachte er sie zu seinem Auto. Alles was ihm einfiel, war das Haus in dem sie gearbeitet hatte.

Hana hatte ihm mal gezeigt wie er hinter dem Haus in den Keller kommt. Dort hatten sie sich oft heimlich getroffen.

Dort fuhr er hin, er öffnete die alte Tür und schleifte Hana hinunter in den Keller. Marek sah sich um, er fand dann einen großen Plastiksack.

In diesen steckte er Hana und verschloss ihn. Er erinnerte sich, dass sie ihm von dem Keller erzählt hatte, das es eine hohle Wand gab. Bevor es ein Bordell war, war es ein Schmugglerloch. Marek entfernte die Steine, er löste sie mit einer Brechstange, alles andere wäre zu laut gewesen. Stein für Stein fielen auf den Boden.

Natürlich rasten seine Gedanken, er hatte einen Menschen getötet. Aber sie wollte alles zerstören was er endlich erreicht hatte, das hatte er nicht zulassen können. Und dass sie ein Kind bekommen hatte, nein sein Vater wäre nie einverstanden gewesen. Er ließ die Brechstange fallen, wischte sich mit der Hand über die Lippen und packte den toten Körper, er hob sie an und legte sie in die Öffnung in der Wand.

Dann fing er an, die Steine wieder aufzustellen. Er benutzte ein bisschen Mörtel, alles was er benötigte, fand er in dem Keller, denn immer mal wieder musste die Fassade ausgebessert werden.

Als die Steine wieder an ihrem Platz waren und fest so schien es, schob er das Regal vor die Wand. Er schloss die Tür und verschwand zu seinem Auto. Er fuhr wieder in die Nähe des Apartments und rief die Polizei an. Er gab an, dass ein Baby die ganze Zeit schrie. In einem der Apartments. Sein Namen nannte er nicht. Nur das sie mal nachsehen sollten.

Marek legte auf und fuhr weg, in seinem Apartment fing er an, sich zu säubern. Auch die Statue. Er hatte tatsächlich einen Menschen getötet. Aber Hana hätte alles zerstört, wenn sie gesagt hätte, dass sie ein Baby haben. Das konnte er nicht zulassen.

Ein Polizist stand vor Hanas Wohnung, es hatte angefangen zu regnen. Er klopfte an die Tür und hörte das Baby schreien. Niemand öffnete, also verschaffte er sich Zutritt. Er sah sich um.

»Entschuldigen sie? Polizei, wir haben ein

Anruf bekommen, dass ihr Baby weint. Hallo sind sie zuhause?« Niemand antwortete, der Beamte drehte den Kopf und lief in das Zimmer wo er das Baby hörte. Die Kleine schrie und war schon ganz rot. Er nahm sie hoch und wiegte sie.

»Na, na. Wo ist denn deine Mama? Weißt du es nicht kleines?«

Die Kleine beruhigte sich und gluckste leise.

»Weißt du, du musst mit der Polizei kooperieren.«

Er streichelte ihren Kopf und wiegte sie auf und ab, ihm fiel die Kette auf, die am Himmel des Bettchens befestigt war. Er verließ das Zimmer mit der Kleinen. Weitere Beamte trafen ein.

Einer sah sich um, er fand Blutspritzer an der Tür und an der Wand.

»Mikaru? Hier ist Blut, vielleicht sollten wir die Spurensicherung holen.«

Mikaru der Beamte, der die Kleine auf dem Arm hatte, nickte nur und drehte den Kopf.

»Yori, kannst du mal einen von der Fürsorge anrufen, noch ist nichts klar, aber ich glaube nicht, dass die Mutter jetzt hier auftaucht.«

Yori nickte und nur kurze Zeit später erschien dann auch die Spurensicherung. Marek hatte ganze Arbeit geleistet. Dennoch gab es Spuren, nicht nur an Tür und Wänden, nein auch auf dem Boden konnte man Blut erkennen. Auch wenn man es weggewischt hatte. Mikaru, der das Kind gefunden hatte, sah sich Bilder an. Hana war auf diesen und sie trug eine Kette mit einem blauen Schmuckstein, er ging noch mal in das kleine Zimmer, er fand zwei Tropfen Blut auf dem

Teppich.

Über der Wiege hing diese Kette, er nahm sie und betrachtet sie. Hatte er sich vorhin also doch nicht geirrt. Als er zu der Kleinen ging.

Der Schmuckstein war tiefblau und eine Art Vogel Klaue hielt ihn. Er drehte sich und lief auf die Frau von der Fürsorge zu, die bereits eingetroffen war und hielt ihr die Kette hin.

»Ich denke das gehörte ihrer Mutter.« Und zeigte auf die Bilder. Die Frau lächelte und nahm die Kette und dann auch die Kleine dem Polizisten ab.

»Wir werden eine Familie finden, falls sie die Mutter nicht finden. Oder den Vater.« Sie verließ mit dem Kind das Apartment. Einer der Beamten nahm sich das Blut im Kinderzimmer vor.

Mikaru hatte nicht viel Hoffnung, er glaubte,

dass was passiert war. Eigentlich sprach alles dafür, das ganze Blut, das sie fanden obwohl es jemand aufgewischt hatte. Aber sie gaben eine Fahndung nach Hana raus.

Mikaru glaubte nicht, dass sie Hana je finden würden. Ein schrecklicher Verdacht bereitete sich in ihm aus. Und an solchen Tagen hasste er seinen Job. Die Beamten verließen das Apartment, und selbst wenn es jeder für sich wusste, wollte es niemand aussprechen. Hana war tot. Im Bericht der Spurensicherung ein paar Tage später konnte Mikaru herauslesen, das man im Grunde überall Blutspuren gefunden hatte und es nur von einer Person war, nämlich Takora Hana. Und nichts deutete drauf hin, dass Hana verheiratet war.

Also konnten sie auch den Vater nicht ausfindig machen. Es verlief sich alles im

Sand, natürlich hatten sie auch Marek vernommen, aber er konnte plausibel erklären, dass Hana nur eine flüchtige Bekannte war.

Denn hin und wieder hatte man ihn bei Hana gesehen, vielleicht dreimal und dann nur ganz kurz, wenn er sie abholte.

Und niemand hatte sie vermisst gemeldet und so konnten die Beamten auch nicht nachvollziehen, was sie gearbeitet hatte. Denn man geht ja nicht damit hausieren, dass man eine Konkubine ist. Und Ayami die Hausmutter nahm an, dass Hana ihre Klamotten gepackt hatte und verschwunden war, weil sie nicht mehr kam. Kaum einer kennt seine Nachbarn, das musste Mikaru lernen. Höchstens vom Sehen. Aber ansonsten herrschte nun mal Gleichgültigkeit.

Aber im Lästern waren sie alle spitze. Die lieben Nachbarn. Die Akte Hana wurde geschlossen sie war eine der Schatten. So nannte Mikaru solche Fälle, Personen die wie Schatten in der Nacht in die Dunkelheit gleiten.

2010 Kyoto im Mai!

Das Klacken ihrer Absätze hallte von den Wänden wieder, zügig waren ihre Schritte. Sakura musste sich beeilen, sie war schon viel zu spät dran.

Dass ihre Bahn Verspätung hatte, war auch nicht hilfreich.

Sie bog ab und schon sah sie die Neonlichter des Shinoko, ein Blick auf ihre Uhr ließ sie die Luft zwischen ihren Zähnen hervor pressen. Sie war 10 Minuten zu spät. Sie musste um das Gebäude herum, und ging durch den Hintereingang.

Rin stand mitten im Gang und blickte auf die Uhr.

»Na so was? Wer taucht denn da mal auf. Schön, dass du auch noch kommst Sakura«, lächelte er.

Sie hob den Kopf und zwang sich zu einem Lächeln. Was sie ihm sagen wollte schluckte sie besser runter.

»Meine Bahn hatte Verspätung, entschuldige«, schnell zog sie ihre Jacke aus und schloss ihre Sachen in den Schrank. Sie nahm ihre Kette ab, Schmuck war nicht erlaubt. Kurz sah sie noch mal auf den Schmuckstein, der tiefblau war und von einer Vogel Klaue gehalten wurde. Das einzige Erinnerungsstück an ihre Mutter. Dann ging sie hinter die Bar.

Sie sortierte Flaschen ein, polierte Gläser und holte das Eis. Dann schnitt sie die Früchte.

Rin lief immer mal wieder herum. Sie brauchte den Job, denn nur mit ihm konnte sie ihre Miete zahlen. Und sie mochte den

Job auch, sie mixte Cocktails. Sie war gut darin, gut es war nicht ihr Traumjob. Aber sie hatte Spaß in ihrem Job.

Sakura war ein hübsches Mädchen, sie war 25 Jahre alt. Und sie lächelte viel und wusste mit ihren Reizen umzugehen. Ein Blick auf die Uhr und Sakura sah, dass in 30 Minuten der Club seine Pforten öffnet.

Sie polierte noch schnell den Tresen und war dann auch bereit. Ein nicken zu Rin und er wusste, die Bar war fertig.

Das Shinoko wurde von Rin ein wenig umgebaut. Es war ja ursprünglich ein Bordell gewesen.

Es hatte sich viel verändert. Betrat man den Flur am Eingang führte er ein kleines Stück in den Raum. Er war schmal und eng, links und rechts waren noch immer die alten

Papierwände. Rin hatte nur den Holzboden ausgewechselt.

Vom Flur aus kam man in den großen Raum. Hier war rechts die Bar. Stühle und Tische waren verteilt in dem ganzen Raum. Rin hatte ein wenig angebaut. Nach hinten heraus, denn obwohl der Raum nach dem die Wände verschwunden waren groß war, für eine Bar brauchte er mehr Platz.

Schwarze Sessel und auch Stühle gab es an den Tischen. Der Boden war mit roten Teppichen ausgelegt. Die Decke mit Tüchern abgehangen, auch an den Wänden zur Zierde. Und vier Säulen, die in den Ecken standen, hielten die Tücher von der Decke. Sie umschlangen die Säulen. In der Mitte der Decke sah man wie sich die Tücher verbinden. Um dann über Kreuz von der

Decke zu den Wänden gingen. Die Säulen stellten Stützpfeiler da.

Es waren farblich passende dunkelrote Tücher. Links neben dem Eingang in den Raum gab es eine Treppe. Sie führte hoch in den Saloon dort hatte Rin auch die Wände entfernt, es war jetzt mehr ein Restaurant, denn dort konnten Gäste Essen. Die Fenster hatte er größer gemacht, die Tische waren mit weißen Tischdecken ausgelegt.

Und die schwarzen Holzstühle wirkten in dem Raum edel. Der Boden bestand aus hellem Holz.

Rin hatte sich eine Restaurant-Bar geschaffen. Unten die Bar oben das Restaurant. Der dritte Stock wo früher die Zimmer der Konkubinen war, hatte er gesperrt. Auch dort die Wände entfernt aber es diente mehr als Lager. Dort verstaute Rin alles mögliche.

Und schon füllte sich die Bar um Punkt 18 Uhr mit Gästen.

Sakura hatte an diesem Abend alle Hände voll zu tun.

Als dann die letzten Gäste um halb sechs am Morgen die Bar verließen, war Sakura schon dabei, die Gläser zu spülen.

Rin nahm die Kasse, um in seinem Büro die Einnahmen zu zählen.

Sie legte die Tücher ordentlich weg, fegte nochmal hinter der Bar und wollte dann ins Büro. Sie wollte Feierabend machen. Allerdings blieb sie in dem kleinen Flur stehen. Der direkt hinter der Bar in einen kleinen Raum führte, den Rin zu seinem Büro umgestaltet hatte. Damals war das ein Lager gewesen. Sie konnte nicht ins Büro schauen aber sie hörte Stimmen. Rin und eine ihr fremde Stimme. Und Rin klang aufgewühlt.

»Hör zu Marek, ich verkaufe das Shinoko nicht. Das habe ich dir schon tausendmal gesagt.«

Eine tiefere Stimme erhob sich, sie hatte einen merkwürdigen Akzent.

»Rin, Rin warum benimmst du dich so dumm? Mir gehört hier in Kyoto schon der ganze Block. Mit all seinen Clubs und Bars. Ich zahle doch gut, also wieso bist du so dumm?«, stellt er ihm die Frage.

Doch Rin blieb dabei, er schüttelte den Kopf und sah Marek an.

»Vergiss es! Das Shinoko ist schon immer im Familienbesitz, genau wie das Teehaus unten an der Straße, das wirst du auch nicht bekommen. Marek zum letzten mal, es wird kein Verkauf geben. Und jetzt verlasse bitte meinen Laden.«

Rin sah hinab und trug die Zahlen in sein Buch ein. Für ihn war das Thema damit erledigt.

Marek drehte sich um und verließ das Büro, dabei rannte er fast Sakura um. Sie senkte den Blick.

»Entschuldigen sie bitte.«

Marek schnaufte nur und verließ den Laden.

Sie ging zur Tür und klopfte leise. »Rin? Ich bin dann fertig und gehe für heute, Ja?« Rin nickte und lächelte. Schob ihr aber dann einen Umschlag zu.

»Dein Lohn Sakura für diese Woche, habe ich dir erzählt, dass der Laden hier früher ein

Bordell war? Meine Großmutter hat ihn geführt, Ayami. Ich habe eine Bar draus gemacht. Und in 4 Wochen werden wir den Keller ausbauen. Und eine Terrasse bauen. Nun ich wünsche dir einen schönen Feierabend.«

Sakura nahm den Umschlag und lächelte. Sie kannte die Geschichte des Shinokos, aber Rin erzählte sie so gerne. Dann drehte sie sich und ging wieder zurück. Sie holte ihre Tasche und ihre Kette aus dem Schrank und verließ die Bar.

Sie war erschöpft und freute sich auf ihr Bett.

In der folgenden Woche hatte Rin seine Ruhe vor Marek. Er kam nicht mehr in die Bar und er nahm an, dass er es endlich verstanden hatte.

Sakura war an der Bar, es war wie jeden

Abend. Die Gäste feierten, sie hatte viel zu tun. Die Musik lief und die Gäste schienen zufrieden.

Sakura nahm gerade eine Bestellung an, als ein furchtbarer Knall das Gebäude erzittern ließ.

Sakura hielt sich die Ohren zu und hockte sich hinter die Bar. Sie hörte noch ein Knall. Menschen die schreien und sie roch Rauch. Zittrig sah sie nach oben über die Bar hinweg. Sie sah Menschen, die schrien und zum Ausgang drängten und Flammen.

Die Decke der Bar war herab gestürzt, und hatte einige Gäste begraben. Damit kam das Restaurant herunter. Denn das war ja über ihnen.

Der dichte Rauch löste bei Sakura einen Hustenreiz aus, sie hatte es schwer zu atmen.

Sie stolperte zum anderen Ende der Bar. Aber über ihr an der Decke brannten die Flammen.

Sie spürte diese Hitze, sie brannte schmerzhaft auf der Haut.

Sie hörte ein Krachen und ein weiterer Teil der Decke stürzte hinab über der Bar, der Teil der nicht sofort mit runter kam, hing bedrohlich über der Bar. Ein Balken traf Sakura am Kopf und sie fiel benommen zu Boden.

Sie spürte wie die Flammen gierig nach ihr griffen. Sakura spürte einen Schmerz. Sie schrie, ihre Lungen füllten sich mit Rauch und Sie sah panisch und unter Schmerzen nach vorne. Aber schon wurde es immer dunkler. Und sie spürte wie ihre Haut Blasen warf.

Sie schrie vor Schmerzen als die Flammen

über sie herfielen. Sakura verbrannte, es war ein qualvoller Tod.

Einige Leute schafften es nach draußen, auch Rin war unter ihnen. Er suchte seine Leute, doch nur drei waren da. Er stand vor der Bar.

Er konnte nicht glauben was er da sah. Rin war völlig verstört. Die Feuerwehr und auch die Polizei trafen ein. Und der Krankenwagen, die Leute wurden versorgt und auch Rin bekam Sauerstoff. Er sah den Polizisten an.

»Haben es noch andere geschafft? Und wie konnte das passieren?«

Rin hatte Fragen und der Polizist sah ihn an.

»Herr Naoru die Feuerwehr löscht das Feuer, aber sie glauben das es sehr unwahrscheinlich ist noch lebende Personen zu bergen. Die Bar ist komplett ausgebrannt. Das kann niemand überlebt haben.«

Rin schloss die Augen, er vergrub das Gesicht in seinen Händen.

Sako der Polizist sah ihn an.

»Herr Naoru, ich muss ihnen diese Frage stellen. Haben sie Feinde? Streit, oder gibt es jemand, der Interesse daran haben könnte, dass die Bar abbrennt?«

Rin hob den Kopf und sah den Ermittler an.

»Sie glauben nicht, dass es ein Unfall war?«, fragte er verblüfft. Der Ermittler sah ihn an.

»Wie oft fliegen Bars in die Luft? Sicher könnte es eine Gasleitung sein, wir müssen die Untersuchung abwarten. Aber die Zeugen sagten aus, es gab zwei Explosionen.«

Ja, daran erinnerte sich Rin, er sah zur Bar hinüber, vielmehr zu den Überresten.

»Marek Boskovski er ist ein ausländischer

Investor. Er hat das halbe Viertel gekauft. Er wollte meinen Laden, aber ich habe abgelehnt. Meinem Vater gehört der Teeladen, die Straße runter. Wir haben vor einigen Woche gestritten, ich sagte, ich verkaufe nicht«, gab er Auskunft.

Sako machte sich Notizen und nickte dann. »Wenn ihnen noch was einfällt, melden sie sich.« Und gab ihm seine Karte, damit drehte sich Sako um, stieg in seinen Wagen und fuhr weg. Er musste auf die Untersuchungsberichte warten. Er nahm sich vor, am nächsten Tag, Herrn Boskovski zu befragen. Aber das war ja nur reine Routine. Aber nun würde er erst mal nach Hause fahren. Mehr konnte er zur Zeit eh nicht tun.

Sako hielt am nächsten Tag vor dem

Anwesen, stellte den Motor ab und stieg aus.

Er ging zur Tür und klingelte, eine Frau öffnete er holte aus seinem Jacket seinen Ausweis.

»Kommissar Sako Toshi vom 4 Revier, ich müsste mit Herrn Boskovski sprechen.«

Sie sah auf den Ausweis und nickte,

»Einen Moment bitte.« Damit schloss sie die Tür.

Minuten später öffnete sie und lächelte. »Sie werden erwartet, in der Bibliothek.«

Sako trat ein, ließ sich in die Bibliothek führen, dort saß auf einem Sessel Marek und hielt eine Tasse in der Hand.

»Kommissar Sako? Wie kann ich ihnen helfen?«, lächelte er ihn an.

»Setzen sie sich doch, Marie bitte einen Kaffee für unseren Gast.« Sako nickte und setzte sich, er holte wieder seinen kleinen Notizblock hervor.

»Herr Boskovski, gestern Nacht, so um vier Uhr, kam es in der Bar Shinoko zu zwei Explosionen. Leider starben viele unschuldige Menschen.« Marek sah ihn geschockt an.

»Oh mein Gott! Das ist ja furchtbar «, beteuerte er.

»Und was war die Ursache Herr Kommissar?«, wollte er wissen.

Sako sah auf.

»Die Ergebnisse sind noch nicht da, aber ich muss ihnen diese Frage stellen. Im Zuge der Ermittlung stellte sich heraus das sie sich mit Herr Naoru gestritten haben? Es ging um den Verkauf des Shinoko und er stimmte nicht zu. Wo waren sie gestern Abend?«

Marek sah auf und lächelte Sako an.

»Ich nehme an, er war geschockt und durcheinander. Ich nehme es ihm nicht übel, denn ja Herr Kommissar, wir hatten eine Meinungsverschiedenheit. Ich wollte diese Bar haben. Er sagte aber nein. Natürlich war ich nicht glücklich und rauschte auch wütend ab. Ich bin es nun mal nicht gewohnt, dass man nein zu mir sagt. Was aber die letzte Nacht betrifft, da war ich die ganze Nacht hier. Und auch den ganzen Tag. Ich habe meine Bücher durchgesehen. Das kann ihnen Marie bestätigen, genauso wie der Kammerjäger und natürlich auch der Gärtner der gestern vor meinem Fenster die Rosen gestutzt hat.«

Das war ein wasserdichtes Alibi und irgendwie für Sako schon fast zu perfekt.

Aber er lächelte nur.

»Das werde ich überprüfen, sie verstehen das ich das tun muss?«

Marek lächelte nur und Sako erhob sich. Blieb aber in der Bewegung stehen und sah auf den Schreibtisch.

»Ein schönes Stück, ist es einer der Schutzdämonen?«, er nickte zu der Statue, einem Fabelwesen. Marek lächelte.

» Ja, da hängen viele Erinnerungen dran.« Sako nickte, er ging zu Marie, ließ sich das Gesagte bestätigen, dann suchte er draußen den Gärtner.

Bei dem Kammerjäger würde er anrufen. Dann ging er zum Auto. Marek stand am Fenster nickte nur leicht, irgendwas an dem Typen war so aalglatt das Sako glaubte, auszurutschen.

Als Sako in seinem Büro saß, grübelte er vor sich hin. Es klopfte und er hob den Kopf.

»Herein!«

Die Tür öffnete sich und ein Kollege kam herein.

»Hier ist der Bericht der Spurensicherung. Wird dich interessieren.« Und warf ihm die Akte auf den Tisch, dann drehte er sich und verließ das Büro. Sako nahm die Akte und öffnete sie. Der Bericht sagte aus was Sako befürchtet hatte. Es war kein Unfall, also hatte er es mit Mord zu tun.

Jetzt stellte er sich die Frage, wer es war. Den Barbesitzer, Herr Naoru schloss er aus. Er war ja in dem Gebäude gewesen. Und hatte auch einiges abbekommen. Im Bericht fand er dann die Tatsache, dass es ein Fernzünder war. Allerdings hatten die auch nur eine beschränkte Reichweite.

Es würde schwer werden, den Brandstifter zu finden. Einen Verdacht hatte er, Boskovski hatte ein Motiv, aber auch ein Alibi. Sako war aber schon weiter, so wie er sich gab, hatte er dafür ganz bestimmt sogar Personal. Nur, wie sollte er das beweisen? Es war so gut wie unmöglich.

In den nächsten Wochen zapfte er seine Informanten an. Aber die Informationen waren mager.

Und so landete dieser Fall ungelöst zu den Akten.

Das störte Sako, doch momentan machte es, einfach keinen Sinn. Noch viele Wochen dachte er über den Fall nach. Aber neue Erkenntnisse gab es nicht.

Und irgendwann dachte er nicht mehr drüber

nach. Es gab andere Fälle, die er klären musste und seine ganze Aufmerksamkeit brauchten.

Doch das Interesse kam zurück als sie einen Brandstifter festnahmen, er hatte seit Wochen leere Gebäude angezündet.

Es dauerte ein bisschen, aber sie erwischten ihn. In der Vernehmung gab er dann zu auch das Shinoko angezündet zu haben. Sako war skeptisch, er hatte immer nur leere Gebäude angezündet.

»Und warum das Shinoko? Sie haben damit Menschen getötet. Das scheint mir aber nicht ihr Stil zu sein, wenn man bedenkt das alle anderen Gebäude leer waren.«

Er sah ihn an und der Mann zupfte an seinem Shirt.

»Ich hab es aber getan, es sollte brennen,

lichterloh sollte es brennen«, gackerte er los.

Es war ein Geständnis, ob es Sako passte oder nicht. Für die Justiz hatten sie ihren Brandstifter. Sako glaubte das nicht, irgendwas passte mit seiner Geschichte nicht zusammen.

Einmal war es das falsche Brandmittel, zum anderen gab er es zu schnell zu. Der Fall wurde aber zu den Akten erledigt gelegt. Doch Sako war nicht zufrieden.

Ein Jahr später!

Das Jahr lief für Marek nicht gut, nicht nur, dass er das Shinoko nicht erwerben konnte.

Sondern dass der neue Besitzer es auch renoviert hatte und kurz vor der Neueröffnung war, schrieben seine Läden fast nur noch rote Zahlen.

Die Gäste blieben aus. Das Geheimnis im Keller des Shinoko's war noch sicher. Niemand wollte mehr den Keller ausbauen, nur wie lange noch?

Und Marek hatte keine Erklärung dafür, wieso er rote Zahlen schrieb. Die Verluste waren wirklich hoch. Wenn nicht bald Gäste in die Clubs und Bars strömten, war er bankrott.

Er hatte eine Pechsträhne, die seit einem Jahr anhielt. Es war wie verhext. Er versuchte alles um Gäste anzulocken. Events, Partys, Motto Abende, sogar Karaoke. Aber es war wie verflucht, die Gäste blieben aus.

Würde das noch vier Monate so weiter gehen, wäre er komplett Pleite. Marek lief durch das Viertel und sah dann auch, wie eine Person aus dem Shinoko kam. Es war der neue Besitzer. Er lief auf ihn zu.

»Hallo mein Name ist Marek Boskovski. Wie ich gesehen habe ist bald Neueröffnung?«, lächelte er.

Der Mann drehte den Kopf und nickte.

»Hallo ich heiße Naoki Naoru, mein Bruder Rin gehörte der Laden, ich habe ihn übernommen. Sie sind doch der, der den Laden kaufen wollte.«

Marek sah verblüfft auf.

»Oh, der Laden ist also immer noch im Familienbesitz?«, er war überrascht.

Naoki lächelte nur und steckte den Schlüssel in die Tasche und holte einen Flyer hervor.

»Kommen sie doch zur Neueröffnung, sie sind eingeladen.«

Marek nahm den Flyer, lächelte. »Vielleicht mache ich es, ich wünsche ihnen viel Erfolg. Aber seien sie nicht enttäuscht wenn kaum Gäste kommen, momentan scheint es eine Dürre zu geben.«

Er nickte, drehte sich um und verschwand. Naoki sah ihm nach.

»Abwarten Marek«, flüsterte er mit einem Lächeln.

Rin hatte ihm erzählt das Marek ein Arsch war.

Marek war an diesem Morgen früh wach, mit einer Tasse Kaffee ging er in sein Arbeitszimmer.

Er stellte sich an das Fenster sah hinaus, die

Sonne ging gerade auf.

Der Herbst kündigte sich an, auf der Wiese in seinem Garten schimmerte der Reif. Die Bäume hatten ihre Farbe gewechselt, oder vielmehr sie fingen an.

Und am frühen Morgen war es schon recht kalt. Auch in der letzten Nacht, hatte er kaum Publikum in seinen Clubs und Bars. Er verstand es nicht, aber es musste einen Grund haben.

Vielleicht hatten Leute schlecht über seine Clubs und Bars gesprochen? Er würde es schon herausfinden. Er drehte sich vom Fenster weg und setzte sich auf einen Sessel.

Vor einem Jahr war das Shinoko abgebrannt, natürlich war er es gewesen. Oder vielmehr er hatte es machen lassen. Denn er brauchte ja ein Alibi. Es hatte auch alles geklappt, der

Bulle hatte keine Beweise gehabt. Niemand konnte ihm was anhängen, aber dennoch, es war nicht der gewünschte Effekt. Was lief also schief? Diese Frage musste er sich stellen.

Er fand aber keine Antwort, also erhob er sich und ging ins Bad. Er betätigte den Lichtschalter und das Licht fing an zu flackern. Es war eine dieser Neonröhren. Sie gab ein kaltes unfreundliches Licht ab. Marek stellte den Wasserhahn an, um sich Wasser in das Gesicht zu schöpfen. Und wieder fing das Licht an zu flackern und da das Bad kein Fenster hatte stand Marek auch plötzlich im Dunklen.

Das wenige Licht was durch den Türspalt drang, war jetzt auch nicht viel. Marek hob den Kopf und sah in den Spiegel, wieder flackerte das Licht und im Spiegel sah Marek eine Gestalt.

Langes schwarzes Haar, das über die Schultern fiel. Das Gesicht wurde von den Haaren verborgen und sie trug ein weißes Kleid.

An ihrer Hüfte war ein rotes Band, das zu einer Schleife gebunden war.

Er zuckte und drehte sich um, aber da stand niemand. Auch als er in den Spiegel sah, war da niemand.

Wurde er jetzt verrückt? Er verließ das Bad, hatte er sich das eingebildet? Musste er ja, denn das war sicher nicht real.

Gut das Licht hatte geflackert, er war übermüdet und der Schatten kann alles gewesen sein. Und dann hat ihm sein Kopf ein Streich gespielt. Natürlich so war das, denn Marek glaubte nicht an Gespenster oder Übersinnliches.

Es gab für alles eine logische Erklärung. Aber er war wach, so ein Schock am Morgen vertrieb Kummer und Sorgen.

Also zog er sich an und stieg ins Auto, er hatte noch einige Dinge zu erledigen. Und er wollte wissen wie es in den anderen Läden aussah.

Sako betrat sein Büro, er nahm sich einen Kaffee und rührte in diesem herum. Sein Partner kam zur Tür rein.

»Sako sag mal, du bist so nachdenklich? Ist irgendwas mit dir?«, stellte er direkt seine Frage.

Sako setzte sich an seinen Bürotisch und stellte den Kaffee ab.

»Ich weiß nicht Yui, irgendwas stimmt nicht.

Es geht um das Shinoko. Ja wir haben den Täter, aber stört es dich nicht, dass da was nicht zusammen passen kann? Ich meine, er fackelte nur leere Gebäude ab. Dann ein voller Laden und die Erklärung wie und womit stimmte auch von vorne bis hinten nicht. Ich denke, der wahre Brandstifter ist noch da draußen.«

Yui lauschte ihm und lehnte sich zurück. »Das lässt dir keine Ruhe oder? Ich kann es verstehen. Aber mal was anderes, Migumi hat bald Geburtstag richtig? Wie alt wird sie, 15?«

Sako nickte und lächelte.

»Ja 15, wie schnell die Zeit vergeht.« Yui griff in seine Tasche.

»Und wie ich dich kenne, hast du noch kein Geschenk. Da hast du Glück, dass du mich hast.«

Er holte eine kleine Schachtel hervor und schob sie Sako hin, er öffnete sie und sah eine Kette, mit einem schönen Anhänger.

Ein runder kleiner Schmuckstein, gehalten von einer Vogel klaue. Der Stein war tiefblau.

»Ich bin überrascht Yui, dass du so einen guten Geschmack hast. Aber das wird Migumi gefallen. Vielen Dank.«

Yui lächelte und sah seinen Partner an.

»Immer wieder gerne Sako, ich weiß das du Stress hattest ich wollte dir nur helfen«, zwikerte er und nahm sich seine Akten.

Sako schloss das Päckchen und ließ es in seine Tasche gleiten. Ja das würde seiner Tochter gefallen, hoffte er, aber Mädchen waren doch schon recht kompliziert, vor allem wenn sie 15 waren. Und dann war der große Tag auch schon da. Es war ein Samstag und Migumi feierte ihren 15 Geburtstag.

Viele Freunde waren da und auch ihre Eltern.

Migumi ging zu ihrem Vater und lächelte.

»Danke für die tolle Party Papa und danke, dass ich so viele einladen durfte.«

Er lächelte und drückte sie.

»Man wird nur ein Mal 15 und wir wollten, dass du es genießt. Es ist zwar ein bisschen kühl draußen. Aber so ist es im Oktober«, zwinkerte er.

Es ging aber und Migumis Laune tat es keinen Abbruch. Und dann kam Sakos Stunde, er ging zu seiner Tochter, die Gäste standen um sie herum. Es gab Kuchen und Getränke, Konfetti und Luftschlangen. Hähnchenschenkel, und andere Delikatessen.

Er holte die kleine Schachtel hervor und hielt

sie Migumi hin. Als sie die Schachtel öffnete und die Kette hervor holte, da lächelte sie.

»Papa! Die ist wunderschön.«

Sako nahm sie ihr ab, stellte sich hinter Migumi, sie hob ihre Haare und er band sie ihr um. Mit Schwung drehte sie sich dann und umarmte ihren Vater.

»Danke, danke!«

Ihre Mutter sah sich die Kette an und lächelte.

»Dann weiß ich ja, weil du Geschmack bewiesen hast, dass ich zu unserem Hochzeitstag mehr erwarten kann.«

Sako schluckte, da müsste dann Yui wieder herhalten. Der schien ja wirklich Geschmack zu haben.

Aber er lächelte nur und Migumi ging zu ihren Freunden. Die Party war ein voller

Erfolg, später am Abend, räumte Sako mit seiner Frau ein bisschen auf. Er stellte sich hinter sie, da sie spülte und küsste ihre Schulter.

»Geh ins Bett Chioko, ich mache den Abwasch und räume auf«, hauchte er auf ihren Hals den er liebkoste.

Sie legte den Kopf zurück und lächelte.

»Ich habe einen wundervollen Mann, ich liebe dich.«

Sie drehte sich und küsste ihn, sie waren schon so lange verheiratet aber die Glut ihre Liebe war nie erloschen.

So war dieser Kuss auch sehr leidenschaftlich. Als sie dann ging, spülte Sako noch den Rest ab und entsorgte den Müll und stellte die Reste vom Essen in den Kühlschrank. Dann schaltete er das Licht aus und ging selbst in das Schlafzimmer. Chioko schien schon zu schlafen und er ging ins Bad. Als er heraus trat, legte er sich dazu.

Migumi schlief ein wenig unruhig, sie drehte sich von einer Seite auf die andere. Sie träumte und jemand flüsterte ihr etwas ins Ohr.

Sie verstand es nicht aber die Stimme war weiblich und unglaublich sanft. Angst hatte sie nicht, denn die Stimme klang ja nicht bedrohlich.

Sie trug die Kette um ihren Hals und nach einer kleinen Weile wurde es still. Migumi schlief tief und ruhig.

Sie erwachte am Morgen und nahm erst mal einen großen Schluck Wasser. Dann stand sie auf, ging ins Bad und machte sich fertig. Ihr Vater saß am Küchentisch und als er sie sah da lächelte er.

»Morgen Migumi, leider ist Mutter schon zur Arbeit. Du sollst bitte die Bahn nehmen.«

Migumi nickte und setzte sich.

Sie aß eine kleine Schale Reis.

»Du fährst nicht in meine Richtung Vater?«, fragte sie ihn.

Doch er schüttelte nur den Kopf. Er erhob sich, gab ihr einen Kuss auf die Stirn und nahm seine Jacke, er zog sich seine Schuhe an und sah sie nochmal an.

»Bis heute Abend Migumi.« Er wandte sich ab und verließ das Haus.

Migumi räumte den Tisch ab, blickte auf die Uhr und schnappte sich ihre Sachen. Sie verließ das Haus und lief zur U-Bahn. Den Zug erwischte sie ganz knapp, aber sie würde den Anschluss erwischen. Als sie dann

Ausstieg, sah sie, dass sie noch 10 Minuten hatte.

Zur selben Zeit war Marek unterwegs, auch er wollte zur U-Bahn. Er lief die Treppen runter und wartete auf den Zug. Die Lampen an den Decken flackerten und Migumi sah kurz auf.

Marek sah sich kurz um, knöpfte dann sein Mantel ein wenig mehr zu. Auf dem Bahnsteig waren Stützsäulen und er hörte das Klacken von Absätzen.

Er drehte den Kopf nach links und sah eine Gestalt. Ein Mädchen wie es aussah und sie beiden waren die einzigen am Bahnsteig.

Er sah wieder nach vorne, das Licht flackerte wieder als es aufhörte, sah er dass das Mädchen sich zu ihm gedreht hatte.

Er nickte kurz und sah dann die Treppe hoch.

Erneut flackerte das Licht und als er diesmal den Kopf drehte stand das Mädchen plötzlich vor ihm.

Marek zuckte so erschrocken zusammen, dass er zwei Schritte weg stolperte. Ihre Haare verbargen ihr Gesicht, aber sie stand verdammt nah vor ihm. Ein Zug donnerte durch den Bahnsteig wieder flackerte das Licht und das Mädchen war weg.

Marek benetzte sich die Lippen und fing an sich hektisch umzusehen. Er entdeckte das Mädchen sie saß am hinteren Ende des Bahnsteigs auf einer Bank.

Sein Herz klopfte wie verrückt, hatte er sich das eingebildet? Sollte er hingehen und sie fragen was das sollte? Aber er sah das sie in einer Zeitschrift blätterte und er war sich nicht sicher.

Aber er ging dennoch langsam zu dem Mädchen hinüber.

»Hallo, entschuldige, aber wolltest du etwas? Du standest doch grade da vorne vor mir.«

Migumi hob den Kopf und sah den Fremden an.

»Entschuldigen sie? Nein sie müssen mich verwechseln, ich saß die ganze Zeit hier.«

Migumi sah ihn lächelnd an, dann sah sie, dass der Zug kam.

»Entschuldigen sie, ich muss zur Schule«, sie verneigte sich.

»Einen schönen Tag noch.« Sie packte ihre Tasche und stieg in den Zug ein.

Marek blickte ihr lächelnd nach. Doch nur Einbildung, das Mädchen wirkte nicht, als würde sie lügen. Aber seine Sinne spielten ihm viele Streiche, wenn er ehrlich war. Tief atmet er ein, sein Herz beruhigte sich auch. Es war heute einfach nicht sein Tag.

Als sie im Zug saß, da dachte sie schon darüber nach, was der Fremde ihr gesagt hatte. Aber sie hatte sich ja nun mal nicht von ihrem Platz erhoben. Aber war es ihr Problem? Wenn sie ehrlich war, konnte sie sich nicht mal daran erinnern, was sie gelesen hatte. Oder wie sie sich hinsetzte, das alles schien ein bisschen verschwommen.

Musste sie sich Sorgen machen? Nein vielleicht war es auch der Stress, schlussendlich würde sie heute einen Test schreiben.

Und schon bald war die Bahnstation vergessen. Auf dem Schulhof ging es auch zu wie in einem Wespennest. Alle waren relativ nervös, der Test war auch so verdammt wichtig. Migumi sah Aiko, sie lief auf sie zu.

»Migumi, Ohayo! Schön das du da bist. Hast du gelernt? Ich glaube bei mir reicht es nicht. Und ich bin so nervös«, plapperte sie auch schon drauf los.

Migumi lächelte und neigte den Kopf.

»Aiko? Tief durchatmen, du hast viel gelernt. Du wirst diesen Test locker schaffen.« Aiko holte tief Luft, nickte und nahm die Hand ihrer Freundin.

»Also los! Erschaffen wir unsere Zukunft.« Migumi lächelte, Aiko war so eine Träumerin. Und doch schaffte sie es auch im dichten Regen zu lächeln. Sie war wirklich ein Schatz.

Beide betraten das Gebäude und so langsam leerte sich der Schulhof.

Nach drei Stunden erlöste sie die Klingel.

Aiko lief vor Migumi und drehte sich zu ihr und neigte ihren Kopf.

»Was denkst du? Wie hast du abgeschnitten? Ich hatte meine Bedenken, aber jetzt hoffe ich das ich gut war.«

Sie winkelte einen Arm an und ballte ihre Hand zur Faust. Und legte sie auf ihre Wange.

»Ob mich Tsubasa ins Kino einladen wird? Immerhin ist er doch Single und so wie ich gehört habe sucht er ein Date.« Tsubasa der Mädchenschwarm auf der Schule. Gutaussehend, charmant, witzig.

Und beliebt, alle Mädchen flogen auf Tsubasa und seine Freunde. Aber nie hatten sie ihn in einer Beziehung gesehen. Aiko sah Migumi an.

»Gerüchte sagen, dass Tsubasa eine Freundin

auf einer anderen Schule hat, aber das glaubt keiner. Aber dass er Single ist? Er ist doch so sexy.«

Ihre Augen schimmerten und sie hielt sich die Wangen fest. Aiko hatte es total erwischt, Migumi musste lächeln. War das nicht einer dieser romantischen Schul-love-storys?

Gab es nicht auf jeder Schule immer irgendwie ein Tsubasa, der allen Frauen den Kopf verdrehte? Aber was wäre die Schule, ohne diese süße Schulromantik. Migumi hatte nur einen Favoriten, aber das behielt sie für sich.

Tsubasa stieg in den Bus, er hatte seine Ohrstecker im Ohr. Es war Montag und heute in der Schule schrieb er einen Test. Das komplette Wochenende hatte er für die

Prüfung gelernt. Natürlich war er ein wenig nervös. Aber er war sicher, dass er gut vorbereitet war.

An der nächsten Station stiegen dann auch Kay, Akio und Sanno ein, sie gingen alle in die gleiche Klasse. Und waren schon seit den Kindertagen befreundet.

Tsubasa hob den Kopf als er die drei sah, er lächelte charmant. Sie schlugen sich ab.

»Ohayo, bereit für den Test?«, fragte er und machte sein I-Pod aus und nahm die Stecker aus seinem Ohr.

»Ja schon die erste Gruppe müsste auch jetzt fertig sein«, bemerkte Kay und steckte sich ein Kaugummi in den Mund.

Tsubasa hob den Kopf, er sah aus dem Fenster. Kay kratzte sich am Hals.

»Ich frage mich wie Migumi abgeschnitten

hat. Sie hatte gestern Geburtstag.« Kay sah in seine Tasche, er hatte ein kleines Geschenk dabei. Tsubasa lächelte.

»Kay? Sag mal spinne ich? Oder bist du in Migumi verschossen?« Kay hob den Kopf sah seinen Freund an.

»Was denn?! Sie ist doch auch echt süß.« Tsubasa grinste nur und nickte.

Dann kam ihre Station und sie stiegen aus, auf dem Schulhof waren einige Schüler und Aiko erblickte Tsubasa.

»Da ist er Migumi!«, fiepste sie aufgeregt.

Kay sah auf die Uhr sie hatten noch 10 Minuten, also steuerte er auf Migumi zu.

»Ohayo Migumi, alles Gute zum Geburtstag nachträglich.«

Er holte aus seiner Tasche das Geschenk und gab es ihr, sie lächelte.

»Kay, danke das ist so nett von dir.« Sie öffnete es und es war ein schönes Armband. Es glitzerte und funkelte, sie legte es gleich um und verbeugte sich.

»Vielen Dank Kay, es ist wunderschön.« Kay lächelte, dann drehte er sich und verschwand. Aiko sah ihre Freundin an und biss sich auf die Lippe.

»Hey Migumi da geht doch was oder?« Migumi sah sie an.

»Du spinnst, wir verstehen uns nur gut.« Und doch blieb ihr Blick auf dem Armband. Es waren bunte Glasperlen die im Licht schön funkelten.

Aiko sah den Jungs nach die ins Gebäude gingen, dann fiel ihr Blick auf die Kette.

»Und von wem hast du die schöne Kette?« Migumi griff nach ihr und lächelte.

»Von meinem Vater, sie ist schön oder? Ich wusste nicht, dass mein Vater so einen guten Geschmack hat.« Aiko grinste nur und sah sie an.

»Nein, das überrascht mich auch grade Väter tun sich oft schwer.«

Mit dem Zeigefinger strich Migumi über die Kette und sie schien in Gedanken. Aiko sah sie an, neigte dann den Kopf.

»Gehen wir in die Stadt?« Migumi nickte und sie verließen den Schulhof.

Am späten Nachmittag kam sie nach Hause. Das Essen war fertig und ihre Mutter stand in der Küche.

»Hallo Migumi, wie war dein Tag?«, lächelte sie ihre Tochter an und Migumi nickte.

»Gut, ich war noch mit Aiko in der Stadt. Wir

waren im Katzen-Cafe.«

Ihre Mutter lächelte, als junges Ding war sie auch immer im Katzen-Cafe gewesen. Man konnte mit den Katzen spielen oder sie schmusen. Und natürlich den Kaffee genießen und was es sonst noch gab. Es war wirklich sehr entspannend.

Migumi sah in die Töpfe und lehnte sich an ihre Mutter, und zeigte ihr das Armband.

»Habe ich von Kay bekommen, vorhin zum Geburtstag.« Chioko sah es an.

»Der junge Mann hat aber Geschmack«, lächelte sie und Migumi strich über das Armband.

Natürlich ging Chiokos Radar an und sie wusste, dass sich ihre Tochter verguckt hatte. Sie war ja jetzt auch 15, natürlich fing das Interesse an Jungs an. Sie hoffte nur, dass ihr

Mann nicht gleich jeden Burschen vergraulen würde.

Aber das konnte Chioko ihm ja alles ganz schonend beibringen, wenn so was überhaupt machbar war.

Sie erinnerte sich an ihren Vater, mit einem Katana jagte er damals Sako vom Grundstück. Aber nur um zu sehen, wie ernst es Sako meinte.

Chioko war froh das sie kein Katana im Haus hatten. Es war eben jetzt eine aufregende Zeit. Migumi kam in das Alter und mal ehrlich, da musste jeder Teenager durch. Und auch die Eltern, sie würde heute Abend ganz in Ruhe mit ihrem Mann sprechen.

Sako saß an seinem Schreibtisch, Yui hob den Kopf.

»Und? Mochte Migumi die Kette?«, wollte er

neugierig wissen. Sako nickte

»Oh ja sie mochte die, Danke nochmal.« Yui nickte nur und winkte ab, er sah wieder in die Akten.

Sako sah aus dem Fenster, die Blätter fielen von den Bäumen und der Winter stand vor der Tür. Er ertrug es nicht das ein Fall nicht abgeschlossen war.

Der Tag verging ohne das groß was passierte.

Am Abend knipste er die Lampe an seinem Tisch aus. Yui war schon weg, ein Blick auf die Uhr. 20.30 Uhr. Ja er sollte nachhause gehen. Er nahm sich seine Jacke und ging zur Tür. Hinter ihm am Fenster stand eine Gestalt.

Nur das schwache Licht der Laterne schimmerte in den Raum. Sako bemerkte die Gestalt nicht. Als er aus der Tür heraus trat, zog er sie zu.

Ein Windhauch kam auf, die Gardinen bewegten sich und die Gestalt war verschwunden.

Sako verließ das Gebäude und ging zu seinem Auto, er schloss auf und stieg ein. Er legte seine Tasche auf die Rückbank und drehte den Zündschlüssel um. Sein Nacken schmerzte er bewegte den Kopf.

Sako dachte immer wieder über den Fall nach und umso mehr er nachdachte, umso mehr hatte er das Gefühl, dass Marek damit zu tun hatte. Aber sein Alibi war wasserdicht.

Und Zeugen gab es auch keine, das war doch alles Scheiße. In seinem Kopf war Leere, denn er war ja schon alles hundertmal durchgegangen. Ohne Erfolg, es gab einfach keinen einzigen Anhaltspunkt.

»Wenn ich doch nur ein Beweis hätte. Ich weiß, dass es Marek war. Aber wie kann ich das beweisen«, murmelte er.

Endlich kam er zuhause an, er betrat sein Haus und Chioko lächelte und verbeugte sich.

»Willkommen zu Hause, wie war dein Tag?«, fragte sie ihn. Sako lächelte und zog sich die Schuhe aus.

»Danke gut, oder na ja wie immer Schatz.« Sie nahm ihm die Jacke und die Tasche ab und legte ihm seine Hausschuhe vor die Füße. Er schlüpfte rein und küsste sie und ging ins Wohnzimmer.

»Migumi ist nicht zuhause?«, fragte er und Chioko lächelte.

»Sie ist mit Aiko im Kino, sie müsste um 22.00 Uhr zurück sein.« Sako nickte und sah zu seiner Frau.

»Oh wir haben sturmfrei?«, grinste er dann packte er Chioko um sie ins Schlafzimmer zu ziehen. Und nur die Kami wussten, was sie im Schlafzimmer trieben Tatsache war das ihre Ehe sehr gut funktionierte. Und sie liebten sich, bei manchen Paaren war die Luft raus.

Doch bei Sako und Chioko war es eben nicht so.

Völlig zerwühlt kamen sie aus dem Schlafzimmer, Migumi kam grade herein. Sie blinzelte und sah ihre Eltern an. Sako sah sie überrascht an und Chioko wurde leicht rosa. Migumi hob eine Hand.

»Schon gut, ihr seid erwachsen. Ich weiß von nichts.«

Sie ging direkt grinsend die Treppe hoch und Chioko sah zu ihrem Mann.

»Lustmolch!«, zischte sie, musste sich aber ein Grinsen verkneifen.

Sako blinzelte.

»Bitte? Migumi wurde auch nicht vom Storch gebracht«, stellte er mal fest und ging ins Esszimmer. Dann drehte er den Kopf und zwinkerte Chioko zu.

»Und im Schlafzimmer klang das auch grade noch ganz anders Darling.«

Sie sah ihn an, rollte mit den Augen dann ging sie in die Küche. Sako setzte sich an den Tisch und fing an zu essen, Chioko setzte sich ihm gegenüber.

»Da gibt es was, was ich gerne mit dir besprechen möchte. Es geht um Migumi, ich denke, sie hat einen Verehrer.« Sako ließ mit offenen Mund die Stäbchen sinken.

»Was?«, platzte es aus ihm raus. Sie grinste

nur und strich über seine Hand.

»Als wir uns verliebten, da war ich damals 15, wie Migumi.« Er sah sie an.

»Ja aber wir waren erwachsen!«, protestierte er auch direkt. Chioko neigte den Kopf.

»Mit 15 waren wir erwachsen und Migumi nicht, weil?«, fragte sie ihn.

Sako schob sich Reis in den Mund und sagte nichts. Er wusste, dass er Blödsinn erzählt hatte.

»Und wer ist der Typ? Straffällig? Saß er schon? Hat er geklaut, außer das Herz meiner Tochter?«, fragte er direkt.

Chioko lachte leise und sah ihn an.

»Wie wäre es, wenn wir ihn erst mal kennenlernen, und uns erst dann ein Urteil über ihn bilden?« Sako sah auf, dann nickte er. Chioko lächelte

»Und außerdem scheinen sie auch noch nicht zusammen zu sein, ich schätze, sie nähern sich unbeholfen an. Ein wütender Cop Dad, ist jetzt am Anfang das Letzte was beide brauchen.«

Er nickte und sah Chioko an.

»Waren wir echt 15? Ich war, nein bin noch völlig verrückt nach dir.«

Chioko beugte sich nach vorne und stahl ihrem Mann einen Kuss.

»Und ich nach dir Sako und wir haben eine wunderschöne Tochter.«

Migumi saß an ihrem Schreibtisch, sie zeichnete, ihre Lampe fing an zu flackern bis sie erlosch, unbewusst strich sie über die Kette. Als sie spürte, dass es im Raum immer kälter wurde.

Sie versuchte, die Lampe anzumachen aber

das klappte nicht. Weißer Dampf strömte aus ihrem Mund und sie fing an zu frieren. Sie drehte den Kopf und riss erschrocken die Augen auf und instinktiv sprang sie auf. Vor ihrem Fenster stand eine Gestalt, die neigte den Kopf.

Und hob einen Arm. Und zeigte auf Migumi mit einem Finger.

»Du musst es tun.«

Es klang klirrend und als würde die Stimme dumpf durch eine Scheibe sprechen. Migumi schluckte und natürlich hatte sie Angst. Aber sie konnte sich nicht bewegen und als sie ihren Mund öffnete da drang kein Laut heraus.

Die Gestalt bewegte sich, sie zuckte hin und her. Es wirkte als würde sie an Fäden hängen. Migumi riss die Arme schützend hoch und hockte sich vor ihren Schreibtisch. Sie spürte eine Eiseskälte an ihrem Kopf und sie kniff die Augen zusammen.

»Er war es, er hat mich getötet«, hörte sie die dumpfe Stimme.

Migumi löste ihre Hände und sah langsam nach oben. Die Gestalt war direkt über ihr gebeugt. Ihre Haut war blass und fahl. Ihre Augen waren nur zwei große schwarze Löcher, ihr Arm hatte Verbrennungen so wie ihre Beine. Es war immer noch eiskalt in dem Raum. Migumi glaubte nicht was sie da sah. Die Gestalt erhob sich und langsam schwebte sie zum Fenster.

»Räche mich, ich heiße Sakura. Finde ihn. Der, der das Feuer wirklich gelegt hat«

Plötzlich wurde es wieder warm, und das Licht ging an. Migumi stand zitternd auf und holte tief Luft. Sie drehte sich und öffnete die Zimmertür. Sie lief die Treppe runter und sah ihre Eltern. Sie hatte nicht viele Anhaltspunkte, außer die Verbrennungen.Und ganz bestimmt würde sie über das Erlebte nicht reden. Man würde sie für verrückt halten.

»Vater, ich hab mal eine Frage aus Interesse. Vor einem Jahr ist doch das Shinoko abgebrannt, sind da viele gestorben?«, fragte sie und ging zu dem Tisch. Er sah seine Tochter an und neigte den Kopf.

» Also ja, es starben viele Gäste und auch Angestellte. Warum interessiert dich das?«, fragte er Migumi und neigte den Kopf.

Sie war noch immer blass.

» Nur so eine Freundin erzählte mir sie kannte da jemanden, der da gearbeitet hat, eine Sakura?« Sie sah ihren Vater an, der hob den Kopf.

»Ja Takeo Sakura, sie kam in dem Feuer um. Man fand ihre Leiche hinter der Bar. Sie war erstickt, aber hatte auch Brandwunden. Tut mir leid für deine Freundin.« Migumi lauschte und nickte.

»Und der Brandstifter wurde nicht gefunden?«, fragte sie und ihr Vater drehte sich ganz zu ihr.

»Woher weißt du? Na ja wir haben jemanden festgenommen.« Migumi sah ihn an.

»Aber er ist es nicht!« Sako neigte den Kopf.

»Migumi? Was ist den los. Woher willst du das denn wissen?« Migumi biss sich auf die Lippe.

»Kann ich nicht sagen, ihr haltet mich für verrückt. Ich weiß nur, dass der echte

Brandstifter noch da draußen ist.« Chioko sah ihre Tochter an und neigte den Kopf.

»Erzähle uns, was passiert ist, du weißt, wir halten dich nicht für verrückt.« Migumi setzte sich leise fing sie an ihren Eltern zu erzählen, was im ihrem Zimmer vorhin passiert ist.

»Und sie sagte sie heißt Sakura, und wir haben den Falschen ich soll sie rächen«, schloss sie und sah ihre Eltern wieder an. Sako streichelte ihre Wange.

»Wenn das stimmt, hatte ich recht, ich wusste, dass es nicht der Typ war, den wir haben. Chioko das habe ich dir schon vor Monaten erzählt, da war Migumi in der Schule.« Sie nickte und sah ihre Tochter an. Migumi hatte die Augen geschlossen. »Ich glaube dir.« Hörte sie die Stimme ihres Vaters.

Sie hob den Kopf, öffnete die Augen, aber da waren nicht ihre Eltern vor ihr. Sie war nicht mal im Esszimmer. Sie blickte runter und sah das sie bis zu den Knien im Wasser stand. Und um sie herum war das Meer. Das allerdings war lila und der Himmel hatte eine ganz leichte Türkis Farbe. Sie sank nicht und sah ins Wasser. Da sah sie, sie. Sakura wie sie unter Wasser auf dem Rücken trieb. Ihre Arme waren ausgebreitet. Migumi rieb sich über die Augen.

»Kami! Was willst du, sage es mir! Sag mir, was du willst!«, fing sie an leicht hysterisch zu werden.

Sie ließ ihre Hände sinken und blinzelte verblüfft. So saß sie doch in ihrem Zimmer am Boden. Schnell sah sie sich um, dann stand sie auf und lief aus ihrem Zimmer. Ihre

Eltern saßen im Esszimmer, sie hoben den Kopf als Migumi die Treppe runter kam.

»Hallo, möchtest du was essen Migumi?«, fragte ihre Mutter aber sie schüttelte nur den Kopf. Sie war nie hier unten gewesen. Und auch hatte sie nie mit ihren Eltern gesprochen. Migumi wusste nicht was das alles bedeutet. Sie war verwirrt, sie lächelte nur um ihre Eltern nicht zu beunruhigen und ging ins Wohnzimmer.

War das alles real? Oder spinnt sie sich was zusammen. War es vielleicht gar nicht da? Migumi brauchte Antworten. Wenn es diese Sakura wirklich gab, oder aber gegeben hatte, dann würde sie Beweise finden. Migumi hatte das Gefühl, diese Sakura wollte was von ihr. Sie strich nachdenklich über die Kette und sah aus dem Fenster. Sie musste mit jemanden reden. Jemand der ihr glaubte. Doch zuvor brauchte sie mehr Information. Erstmal ging sie ins Bett, sie schlief, wenn auch mit gemischten Gefühlen ein. Spät in der Nacht wurde sie unruhig, sie hörte in ihrem Traum wieder die Stimme von Sakura.

»Du musst mir helfen, er hat mich umgebracht. Ich will Rache!«, hörte sie und Migumi drehte sich auf den Rücken. Sie öffnete die Augen und die weiten sich. Sakura schwebte über ihrem Bett, es wirkte so, als würde sie im Wasser schweben. So bewegte sich ihr weißes Kleid, das am Saum verbrannt war. Ihr rechter Arm hatte Brandwunden so wie ihre Beine. Auch das rote Band das zu einer Schleife an ihrer Hüfte gebunden war wies Brandspuren auf. Sakura hatte den Kopf nach vorne gebeugt, ganz langsam hob sie ihn und sah Migumi an. Ihre Haut war so bleich das sie fast schon schimmerte. Ihre Lippen waren aschgrau. Ihre Augen waren nicht mehr wie zwei dunkle Höhlen. Migumi presste sich die Hände auf den Mund. Um den Aufschrei zu unterdrücken.

»Was, was willst du von mir?« Doch es war nicht mehr wie ein Wispern von Migumi. Sie war selbst nun blass und zu Tode erschrocken. Sakura streckte eine Hand aus, sie öffnete ihren Mund, aber Worte folgten nicht, sondern eher ein Schrei der durch Mark und Bein ging. Sie roch verbranntes Fleisch, es war ein widerlicher Geruch. Migumi rollte sich auf die Seite, sie zog die Beine an und hielt sich die Ohren zu. Sie presste ihre Augenlider aufeinander. Sie hörte, wie ihr Herz raste und nach einer gefühlten Ewigkeit öffnete sie die Augen. Sie sah sich um, aber Sakura war weg. Nein sie würde nicht mehr schlafen, sie zitterte und war völlig aufgewühlt. Und sie hatte Angst, furchtbare Angst. Sie blieb den Rest der Nacht auf ihrem Bett sitzen, nur eine kleine Lampe erhellte den Raum.

Am nächsten Morgen recht früh verließ Migumi das Haus. Sie wollte unbedingt in die Bibliothek, um dort nach Büchern über Geister zu suchen. Sie fand auch in der Bibliothek was sie suchte, ob es half? Das steht auf einem anderen Blatt. Sie blätterte in den Büchern, und bemerkte nicht, dass Aiko, Kay und Tsubasa in die Bibliothek kamen. Aiko sah sie und lief auf sie zu.
»Migumi, Ohayo was machst du denn hier?«

Ein Blick auf die Bücher und Aiko runzelte die Stirn. Migumi zuckte erschrocken und versuchte die Bücher abzudecken. Aber Aiko war nicht dumm.

»Nichts, nichts Aiko nur bisschen lesen und du?« Aiko neigte den Kopf.

»Geister? Warum liest du ein Buch über Geister Migumi?« Migumi biss sich auf die Lippe und sah ihre Freundin an. Dann sah sie Kay und Tsubasa, die auch zu ihr kamen. Na großartig, jetzt waren alle versammelt. Gut, dann sollte Kay doch wissen, was sie für eine Spinnerin ist. Migumi erzählte es ihnen alles, sie musste das jemanden erzählen.

»Und deswegen suche ich Beweise, dass es Geister gibt. Oder das ich völlig übergeschnappt bin. Weil ich werde langsam verrückt, ich schlafe kaum.« Aiko starrte auf den Tisch und sah dann langsam auf.

»Also ich denke nicht, dass du verrückt bist. Ich glaube, dass es mehr gibt als wir sehen. Migumi, was immer du machen willst, ich stehe hinter dir.« Natürlich fiel Migumi ein Stein vom Herzen, sie hatte Aiko. Sie sah zu Tsubasa und Kay, rechnete damit, dass sie gehen. Aber Tsubasa knabberte an seinem Daumen.

»Migumi, ich glaube dir auch, es ist so, meine Großeltern hatten ein Haus außerhalb, ich könnte schwören, dass ich dort Nachts Schritte gehört habe und ein Lachen. Als ich kleiner war, es kam aus dem Keller und wenn man hinunter ging war dieser eiskalt. Ich denke wie Aiko, es gibt mehr als wir sehen.« Kay lauschte dem und neigte den Kopf.

»Ich glaube nicht an so etwas Migumi. Aber

irgendwas hat dich verschreckt, und wir werden herausfinden was es war. Wahrscheinlich was Normales«, zwinkerte er. Migumi sah auf.

»Wirklich? Ihr haltet mich nicht für übergeschnappt? Und ihr wollt mir helfen? Danke, vielen Dank!« Ihr fiel ein Stein vom Herzen. Und vielleicht hatte Kay recht, und sie spinnt sich nur alles zusammen. Wer wusste das schon. Also setzten sich die drei und nahmen die Bücher. Sie halfen Migumi. Kay sah nach einer ganzen Weile auf.

»Ok, hier steht, Geister können die Lebenden kontrollieren. Nun Migumi, wäre es nicht sinnvoll, erst einmal herauszufinden, wer Sakura ist, wo sie starb und was die Ursache war?« Migumi hob den Kopf und nickte langsam.

»Ja und was ein Geist kann, wissen wir, jetzt müssen wir herausfinden, ob es diese Sakura gibt. Den wenn nicht, bin ich übergeschnappt richtig?«

Ihre Freunde wollten das nicht bestätigen. Sie war bestimmt nicht verrückt, aber vielleicht durch den Schulstress ein wenig ausgelaugt. Übermüdet und wer weiß was man dann nicht alles sah. Und war es nicht so, dass man Nachts in seinem Zimmer durch die Fantasie dem Schatten in der Ecke Leben einhauchte? Plötzlich bewegt er sich und man könnte schwören, er kriecht auf einen zu.

Natürlich das hat bestimmt schon mal jeder Mensch gehabt. Es ist eben die Fantasie, Augen, die dir einen Streich spielen. Die berühmten Monster unter dem Bett. Oder wenn es ganz dumm läuft im Schrank. Da kann man sich einbilden wie langsam die Tür sich öffnet was sie aber nicht tut. Grade wenn sie angelehnt ist. Brauchten nicht deswegen viele Kinder ein Nachtlicht? Um genau diese Schatten zu vertreiben? Nicht nur weil sie gerne mit Licht einschlafen. Nein es geht um die Monster unter dem Bett, im Schrank und den Schatten in den Ecken. Migumi war dankbar, jetzt mussten sie nur herausfinden, ob was an der Geschichte dran war.

»Vielleicht können wir auf dem Revier mal nachfragen. Wir können behaupten wir müssen einen Aufsatz schreiben.« Aiko nickte ihrer Freundin zu. Und auch Tsubasa und Kay schienen das für eine gute Idee zu halten. Also räumten sie die Bücher weg, Migumi nahm ihre Notizen und sie verließen die Bibliothek.

Sie fuhren zum Polizeirevier, Migumi wusste nicht, ob ihr Vater schon da war. Sie lächelte als sie es betrat und Yui der Partner ihres Vaters war da.

»Migumi? Wie schön dich zu sehen, was treibt dich denn hierher? Dein Vater ist bei einem Fall.« Migumi lächelte und sah Yui an.

»Schon gut, ich bin nicht wegen mein Dad hier. Aber kannst du mir helfen?«, fragte sie gerade heraus. Yui nickte und zwinkerte den anderen zu und führte sie in sein Büro.

»Wie kann ich helfen?« Migumi lächelte.

»Es ist so, wir schreiben einen Aufsatz, wir haben das Thema Verbrechen oder Unfälle gewählt. Kannst du mir was über Verbrechen und Unfälle erzählen? Natürlich nur abgeschlossene Sachen versteht sich.« Yui neigte den Kopf. »Mhm, schwieriges Thema, das ihr ausgesucht habt. Aber gefällt mir, du bist halt ganz dein Vater. Klar helfe ich euch, wenn du magst, kannst du ein paar Akten lesen. Abgeschlossene, damit ihr einen Einblick in die Arbeit kriegt, wann etwas ein Verbrechen wann ein Unfall ist. Ich suche euch vier Akten raus ok?« Migumi nickte, besser wie gar nichts, wenn sie kein Treffer landen würden, würde sie nochmal fragen. Sako lief grade an der Tür vorbei.

»Migumi, was treibt dich denn hierher?« Doch bevor Migumi antworten konnte, funkte Yui dazwischen.

»Komm mal mit ins Archiv, ich erkläre dir dann alles.« Migumi lächelte ihren Vater an, hoffentlich kaufte er es Yui ab, so wie Yui ihr. Die anderen drei blieben still auf dem Sofa sitzen, es reichte völlig aus, wenn einer redet.

Und das war nun mal Migumi, es war ihr Vater. Sako und Yui kamen zurück und er lächelte seine Tochter an.

»Ein Aufsatz, das klingt spannend vor allem bin ich stolz, dass du das Thema ausgesucht hast. Wie dem auch sei, wir haben hier vier Fälle, die interessant sind.« Er legte die Akten auf den Tisch, und Migumi nickte.

»Danke, das interessiert mich halt.« Sie nahm die Akten und verschwand mit den anderen in einen leeren Raum. Yui sah zu Sako.

»Vielleicht wird sie eines Tages Polizistin.« Sako lächelte, er war grade sehr stolz auf seine Tochter. Ahnte er ja nicht, was wirklich los war.

Sie sahen die Akten durch, aber keine war der Fall Sakura. Migumi sah auf und neigte den Kopf.

»Da muss ich schwerere Geschütze auffahren.« Aiko sah ihre Freundin an, die sich erhob und den Raum verließ. Sie ging zu ihrem Vater.

»Migumi, brauchst du Hilfe?« Sie nickte und setzte sich neben ihren Vater auf den Stuhl.

» Ja Vater, es ist so, ich suche einen bestimmten Fall, allerdings weiß ich nicht viel darüber, nur dass es um eine Frau ging, Sakura und sie hatte Brandwunden. Am rechten Arm und an den Beinen.« Sako zog die Augenbraue hoch.

»Ja das war der Brandfall im Shinoko, es war Brandstiftung. Sakura arbeitete in der Bar und sie starb bei dem Feuer.« Migumi machte sich Notizen. Ihr Vater sah sie an.

»Der Fall ist erledigt, wenn du da mal rein schauen willst.« Er holte die Akte aus seinem

Schrank und hielt sie Migumi hin.

»Ehrlich gesagt, bin ich mir nicht sicher, dass wir den Richtigen haben. Wen du es ließt, siehst du Unstimmigkeiten. Die allerdings solltest du in deinem Aufsatz nicht erwähnen«, zwinkerte er.

Migumi lächelte und nahm die Akte. Es war nicht so das sie geheim waren. Darum durfte Migumi sie überfliegen. Details waren nicht drin, eigentlich nur die Geschichte was passiert war und wer es war. Die Akten mit den Berichten und den Aussagen, die waren unter Verschluss. So etwas gab man auch keinem Teenager. Der erfundene Aufsatz brauchte nur eine Geschichte welche erkennen ließ, was war Verbrechen oder Unfall. Viele nahmen die Hilfe an. Yui wusste es, darum wusste er auch was sie lesen durften was nicht. Migumi stand auf und nickte.

»Ich finde das schon heraus in meinem Aufsatz, danke Vater.« Damit drehte sie sich um und verschwand. Natürlich fand Sako es komisch, dass seine Tochter den Fall wollte. Aber andersherum konnte er es verstehen. Sie war neugierig, das hatte sie aber eindeutig von ihrer Mutter. Nun da Migumi die Akte hatte, ging sie zu den Anderen, sie schloss die Tür und sah auf.

»Ich bin nicht verrückt, es gibt eine Sakura sie starb vor einem Jahr bei einem Brand im Shinoko.« Sie hatte ja die Verbrennungen geschildert, nun entgleiste allen das Gesicht. »Und was machen wir jetzt Migumi?«, wollte Kay wissen. Sie sah auf und legte die Akte auf den Tisch.

»Herausfinden was sie will und ihr helfen, dass sie endlich ablässt von mir. In meinen Träumen sagt sie, sie will Rache. Also es war Brandstiftung, dann hat mein Vater den Falschen erwischt und Sakuras Mörder läuft noch herum.« Alle sahen auf und nickten. Dann sollte es so sein, sie würden Sakura, der Geisterfrau helfen. Migumi hoffte nur, dass Sakura sie dann auch in Ruhe ließ. Sie wollte ihr Leben zurück, ihr langweiliges Teenager leben. Teenager erkennen nur leider keine Gefahren, für sie war es ein Abenteuer. Und sie waren sich der Gefahren einfach nicht bewusst.

In Mareks Leben derweil!

Marek hatte alles verloren. Er hatte seine Villa verkaufen müssen, auch seine Clubs und Bars. Er war total pleite, jetzt lebte er in einem kleinen schmutzigen Apartment. Er konnte sich nicht erklären, wie das überhaupt passieren konnte. Und immer noch hatte er Schulden, gut, die bezahlte er nach und nach ab. In Russland war er noch ein reicher Mann, allerdings nicht in Kyoto. Hier hatte er alles verloren und auch einen ganzen Teil seines Vermögens in Russland.

Nun stand er in dem kleinen Bad und starrte in den Spiegel, er schüttelte den Kopf und atmet tief durch. Die Lampe gab nur ganz wenig Licht.

»Du schaffst das, du kommst wieder nach oben. Du bist Marek«, flüsterte er um sich selbst zu motivieren. Nötig hatte er es, seine Situation war nicht grade rosig. Und dann brannte auch noch die Birne durch, Marek ließ den Kopf hängen. Aus dem Flur drang ein wenig Licht ins Bad. Er hob den Kopf wieder. Durch das Zwielicht spielten seine Augen ihm ein Streich. Denn er bildete sich ein, dass er ein Gesicht im Spiegel sah. Es wirkte als würde es aus der Ferne zu ihm kommen. Marek beugte sich ein wenig weiter nach vorne.

Das Gesicht schoss plötzlich auf Marek zu, ein Schrei drang an seine Ohren, der Spiegel bekam Risse und Marek sprang zurück, er hielt sich die Ohren zu. Das Gesicht knallte gegen den Spiegel und schon schossen Glassplitter durch die Gegend. Marek duckte sich und drehte sich weg. Er hatte Schnittwunden abbekommen. Sein Arm blutete, seine Hand und auch an der Nase und dem Kinn hatte er einige Schnitte. Nicht tief nicht lebensbedrohlich.

Und plötzlich war es still, er hob den Kopf und sah sich um. Der Spiegel war unversehrt, es lagen keine Splitter am Boden. Und Wunden konnte er auf den ersten Blick auch keine sehen. Er verließ das Bad setzte sich auf das Bett und rieb sich mit den Händen durch das Gesicht, da war kein Blut. Er wippte vor und zurück. Er verlor seinen Verstand, ganz bestimmt sogar er war doch schon am Boden. Aber für Sakura war es noch nicht genug, sie wollte Rache und sie würde sie bekommen. Vorbei war es noch nicht für Marek.

Er hatte sich beruhigt und langsam graute der Morgen. So erhob er sich und wollte im Spiegel nachsehen ob er nicht doch verletzt war. Mit gemischten Gefühlen ging er ins

Bad.

Er sah den Spiegel und da das Licht im Flur brannte und den Raum ein wenig erhellte.

Konnte er nichts erkennen, vor allem sein Spiegelbild nicht.

Vielmehr wirkte der Spiegel als sei er Schwarz.

Als wäre hinter dem Spiegel, eine tiefe Schwärze. Er spinnt nicht, das war alles sehr real.

Er blickte in diese Schwärze und verlagerte sein Gewicht. Aber diese Dunkelheit wich nicht.

Also nahm er sich ein Wattestäbchen und warf es auf den Spiegel.

Es prallte ab und fiel ins Waschbecken, er neigte den Kopf und ging ein bisschen näher heran.

Über den oberen Rand des Spiegels, floss etwas nach unten über den Spiegel. Marek erkannte es, es war Blut, geschockt aber auch fasziniert hob er langsam die Hand.

Es gab ein Knall und Sakura prallte aus dem Inneren gegen den Spiegel.

Sofort zuckte Marek zurück und ein Schrei löste sich von seinen Lippen.

»Verfluchte Scheiße!«

Er stolperte zwei Schritte zurück, rutschte auf dem Badeteppich aus. Es kam ihm wie in Zeitlupe vor als er fiel. Er sah den Boden näher kommen, und als er damit rechnete auf diesen zu krachen, da wurde sein Sturz gestoppt. Sein Rücken wurde eisig kalt, er spürte eine Hand. Wie sie sich seinem Bauch aufwärts schob. Ganz langsam, sie war eiskalt er sah die bleichen Finger, die sich über seinen Mund legten. Kälte drang an seine Lippen. Ihm stockte der Atem. Hart schluckte Marek, er war nicht in der Lage zu begreifen was da passierte.

»Ich werde nicht ablassen, ich kriege dich.« Es klang wie ein Scharren. Die Stimme war verzerrt, als wenn sie Mühe hätte, diese Worte auszuspucken, begleitet von einem Knurren konnte Marek den Hass beinah greifen. Und plötzlich fiel er und krachte mit dem Kopf gegen den Badewannenrand. Benommen blieb Marek liegen, er sah auf, alles was er sah, war ein bisschen verschwommen und verzerrt.

Das Blut tropfte aus dem Spiegel, vielmehr schien es hinter dem Spiegel zu sein. Es füllte das Waschbecken und in der Luft erkannte Marek einen metallischen Geruch, es war

Blut. Sakura war verschwunden. War das alles wirklich real, und was wollte diese Frau von ihm? Entweder er wurde verrückt oder er musste der Sache auf den Grund gehen.

Marek blinzelte, er war zu benommen, um aufzustehen. Es wurde immer dunkler in dem Raum. Er blieb reglos am Boden liegen.

Als er die Augen aufschlug, dauerte es einen Moment bis er verstand, dass er im Krankenhaus war. Sein Kopf dröhnte und er fühlte sich furchtbar. Dann fiel ihm ein, was passiert war. Oder war es Einbildung? Er hörte, wie jemand die Tür aufschob und langsam drehte er den Kopf. Es war eine junge Frau, sie stand mit dem Rücken zur Tür und zog diese wieder zu. Ihre schwarzen Haare verdeckten das Gesicht. Sie hatten einen kleinen Blumenstrauß in der Hand. Sie trug ein weißes Kleid und an ihrer Hüfte war ein rotes Band zu einer Schleife gebunden.

»Entschuldige, ich denke du bist im falschen Zimmer«, flüsterte er ihr zu. Langsam drehte sie sich herum, den Kopf ließ sie dabei gesenkt. Marek erkannte, dass sie lächelte. Und sie machte einen Schritt vor dem anderen. Bis sie an dem Bett stand. Sie ließ sich nach vorne sinken und flüsterte scharrend Marek ins Ohr.

»Du wirst erst deine Ruhe haben, wenn du zugibst, dass du mich getötet hast.«

Marek bekam große Augen er schlug mit einen Arm um sich, mit dem anderen nahm er eine Abwehrhaltung ein. Und schrie erschrocken auf.

Die Schwester rannte ins Zimmer und hielt ihm seine Arme fest.

»Beruhigen sie sich doch, Herr Boskovski, bitte beruhigen Sie sich.« Marek öffnete die Augen, aber mehr als die Schwester sah er nicht. Er hatte keine Ahnung was hier los war. Aber ihm wurde klar das er der Sache auf den Grund gehen musste. Oder er würde verrückt werden.

Er holte tief Luft und versuchte sich zu beruhigen auch wenn er aufgewühlt war. Er würde der Sache auf den Grund gehen. Sobald er das Krankenhaus verlassen durfte. Doch wie war er hier hergekommen? Nun der Vermieter hatte ihn gefunden. Da der Nachbar unter Marek einen Knall gehört hatte und einen dumpfen Aufschlag. Der

Vermieter hatte geklopft aber da Marek nicht antwortete, und der Fernseher lief. Schloss er auf fand Marek und hatte ein Krankenwagen gerufen.

Migumi wusste nun es war Sakura, also führte ihr Weg natürlich zu einem Shinto Priester. Tsubasa, Kay und Aiko begleiten sie, sie wusste nicht was sie erwartet. Ihren Eltern hatte sie nichts erzählt. Was sollte sie auch sagen? Ich bin besessen und muss zu einem Priester, wir sehen uns heute Abend. Es war ein Pfad, der in den Wald führte zum Togowo Schrein. Migumi hatte schon die Hoffnung, dass der Priester ihr helfen könnte. Aber sie war sich nicht sicher, der Weg war steinig und das Laufen erschwerte sich. Der Pfad war ausgetreten und einige Steine waren locker, sie brachen so weg. Aber Migumi gab nicht auf, so kamen sie am Schrein an.

»Glaubst du er kann dir helfen?«, fragte Kay sie, er sah nach vorne und Migumi lächelte.

»Na ja er ist ein Priester, ich hoffe es natürlich.« Der Priester stand oben am Schrein und sah auf sie runter. Dass sie kommen war angekündigt, immerhin hatte er auch ein Telefon. Er lächelte und neigte den Kopf als die Gruppe die letzten Stufen genommen hatte.

»Herzlich willkommen am Togowo Schrein, ich bin Yoki.« Migumi hob den Kopf und lächelte.

»Danke das wir kommen durften, es ist wirklich sehr wichtig. Und ich befürchte ich schaffe das nicht alleine«, meinte Migumi traurig.

»Dann kommt rein und erzählt mir was euch bedrückt.«

Der Schrein war wunderschön, es gab einen Altar, und Kerzen Blumen, und überall hingen Windspiele. Ein kleiner Tisch stand auf der Veranda und Kissen zum drauf sitzen lagen dort. Eine der hiesigen Götter stand in dem Schrein als Statue. Sie war geschmückt mit Blumen, Tüchern. Opferschalen standen am Boden, gefüllt mit Obst und Blumen. Der Togowo Schrein, war schon etwas größer. Der Boden war mit Holz und Tatami Matten ausgelegt. Die Veranda ging einmal um den Schrein herum, auf der Rechten Seite. In goldenen Buchstaben stand auf dem Schild Togowo Schrein. Die Gruppe setzte sich und Migumi sah dann auf. Yoki brachte Becher und eine Kanne Tee, er setzte sich und sah sie an.

»Also, vor einem Jahr ist eine Bar abgebrannt, viele Menschen starben. Mein Vater er ist Polizist hat den Fall untersucht. Nun vor einiger Zeit fingen die Träume an, ich hörte eine Stimme. Dann mit der Zeit hatte ich Blackouts und auch wenn ich wach war habe ich komische Dinge gesehen. Diese Frau erschien mir, sie sagte sie will Rache. Ich glaube sie nimmt mein Körper, sie sagt ich muss ihr helfen. Und sie sagte sie hieß Sakura. Ich habe dann nachgeforscht in der Bar Shinoko starb eine junge Frau. Ihr Name war Sakura.« Yoki lauschte Migumi und neigte den Kopf.

»Nun es gibt ruhelose Geister, sie können nicht gehen, grade wenn ihr Tod gewaltsam war. Sie bleiben und wollen Rache.« Er nahm seine Brille ab und putzte sie, er lächelte dabei. »Hast du dir schon mal überlegt ihr zu geben was sie möchte? Ich denke nicht, dass sie dir schaden will. Ich denke sie braucht dich als Gefäß.« Migumi sah auf und dachte nach.

»Aber wieso ich? Ich kannte sie doch gar nicht.« Yoki setzte sich die Brille auf

»Nun, Geister können sich an Objekte hängen die ihnen mal gehört haben. Damit schaffen sie eine Brücke von der einen Welt in die andere.« Migumi lauschte und neigte den Kopf, sie griff nach den Anhänger instinktiv. Yoki sah das, sie hob den Kopf.

»Den habe ich von meinen Vater zum Geburtstag bekommen. Und wen ich darüber nach denke fing alles an, als ich den bekommen habe.« Yoki streckte die Hand aus.

»Zeige ihn mir, vielleicht kann ich was spüren.« Migumi tat was er wollte und sie nahm die Kette ab. Sie reichte sie Yoki und er legte sie auf den Tisch, er nahm sich ein Tuch und legte es drüber. Dann nahm er aus einer Schale Wasser und besprenkelte das Tuch. Er murmelte etwas Migumi sah angespannt zu. Ein starker Wind zog auf Wolken verdeckten die Sonne die eben noch strahlte, die Windspiele fingen an hektisch im Wind zu tanzen. Kein Vogel war mehr zu hören. Und plötzlich hörte es auch wieder auf. Die Sonne schien und die Vögel zwitscherten. Yoki hob den Kopf und schob Migumi den Anhänger zu.

»Ihre Seele ist verbunden mit den Anhänger, das bedeutet sie benutzt dich um ihre Rache zu bekommen. Sie ist nun mehr wie ein Yokai. Eine dunkle Seele die rein aus Rache handelt. Ein Dämon wenn du so willst. Sie wird nicht aufhören. Gib ihr was sie will Migumi, wenn du dich weigerst kann das böse für dich enden.« Migumi wollte das zwar nicht hören, aber irgendwo wollte sie Sakura auch nicht hängen lassen. Sie wurde getötet, sie verstand schon warum sie Rache wollte.

»Wenn ich das tue, ist es gefährlich für mich?« Er hob den Kopf.

»Ich denke nicht, dass sie dich verletzten will, ich denke sie will nur Rache. Du bist nur ihr Werkzeug, sie wird dein Leben bestimmt nicht aufs Spiel setzen. Ich schlage vor du redest mit ihr. Du sagst sie spricht in deinen Träumen. Dann rede mit ihr, frage sie wie sie sich das vorstellt.« Migumi nickte und sah zu ihren Freunden, sie hatten nur zugehört. Aiko sah bedrückt aus. Kay und Tsubasa fanden das auch nicht so gut.

»Aber wir stehen hinter dir, egal was da noch kommt«, lächelte Kay und drückte kurz Migumis Hand. Aiko und Tsubasa nickten.

»Den ganzen Weg Migumi.« Aiko lächelte und nickte Migumi zu. Die konnte es nicht glauben, was sie für gute Freunde hatte.

Das machte ihr Mut, Mut sich dem allem zu stellen und Sakura zu helfen.

Yoki lächelte und erhob sich, er ging in den Schrein, als er zurück kam hatte er eine Kette dabei.

»Trage dieses Amulett, das verhindert dass Sakura sich einnistet. Du willst ihr helfen, aber manche Geister denken am Ende gar nicht daran zu gehen. Dieses Amulett sorgt dafür. Sakura muss nicht so sein, aber sicher ist sicher nicht wahr?« Migumi lächelte und sah Yoki an, sie nahm das Amulett und hängte es sich um.

»Vielen Dank, ich hoffe dass alles gut wird.« Sicher konnte sie sich nicht sein, sie hatte mit Geistern keine Erfahrung. Und auch nie was damit zu tun gehabt.

Sie tranken noch den Tee leer und dann machten sie sich auf den Heimweg. Sie verneigten sich und gingen den Pfad hinunter. Yoki sah ihnen nach.

»Viel Glück«, flüsterte er bevor er wieder in den Schrein ging.

Sie verließen den Wald und liefen langsam in die Stadt zurück. Dort setzten sie sich auf einen Platz, die Leute liefen vorbei sie tuschelten. Handys klingelte und Migumi sah in die Menge. Alle wirkten so beschäftigt, und so mit ihren Gedanken beschäftigt. Es gab in der Stadt einfach keine Ruhe. Schon sprang die Ampel auf Grün um und eine Traube von Menschen bewegte sich. Migumi sah ihre Gesichter sie kannte keinen. Mütter die ihre Kinder an ihren Händen hielten. Summende Stimmen Wortfetzen und der Lärm der Autos.

Und auch Nachts war diese Stadt nicht still, wobei es in Tokio viel schlimmer war. Migumi stand auf, sie wollte in die alten Gassen Kyoto's. Wo noch die alten Häuser standen und die Gassen mit Laternen an den Häusern beleuchtet wurden. Sie wollte dort noch einkaufen.

»Geht ihr mit mir in das Händlerviertel?«,

fragte sie die Anderen. Die nickten und erhoben sich. Kay lief neben Migumi.

»Denkst du, du schaffst das? Ich kann mir vorstellen das es gefährlich sein könnte. Migumi weißt du ich will nicht, dass dir was passiert.« Da packte Kay Migumis Hand und drückte leicht zu, ein wenig stieg ihr die röte ins Gesicht. Kay selbst war auch verlegen er sah nämlich lieber weg. Es knisterte das konnte keiner von beiden leugnen. Aiko und Tsubasa sahen das und lächelten.

»Was Aiko willst du auch Händchen halten?«Aiko drehte den Kopf sah Tsubasa an.

»Du bist total unromantisch«, schmollte sie und lief an ihm vorbei. Tsubasa grinste nur und neigte den Kopf.

»Ach so?«

Als Marek das Krankenhaus verlassen konnte, ließ er sich in die Bibliothek fahren. Er holte einige Bücher und fuhr nach Hause. Dort setzte er sich auf einen Sessel und fing an zu lesen. Er fand interessante Artikel über das Thema Heimsuchung. Er hatte nie daran geglaubt, aber all das, was passiert war, musste doch einen Ursprung haben. Und er würde herausfinden welchen. Er fand viele Informationen und auch Dinge die nützlich waren. So erfuhr er das sich Geister an Gegenstände hängen können um eine Verbindung zu schaffen. Da er aber nichts besaß, was das Auslösen könnte, musste dieser Geist irgendwo eine Verbindung haben. Die Frage war wie kam er da dran. Würde er das Objekt zerstören, hätte dieser

Geist keine Verbindung mehr. Und er musste erst mal herausfinden wer der Geist war. Und wieso er es auf ihn abgesehen hatte. Also fügte er dann die Teile des Puzzles Stück für Stück zusammen. Er soll sie getötet haben, das waren ihre Worte. Da fiel ihm nur eins ein, nämlich Hana. Denn sie hatte er getötet, aber das war schon so lange her. Und wieso kam sie dann jetzt erst? Hatte er vielleicht unbewusst etwas ausgelöst? Als das Shinoko in Flammen aufging? Wie er es auch drehte, da würde ihm aber nur einer helfen können. Nämlich ein Priester, er konnte sich auch irren. Aber sie war die einzige Person die er je getötet hatte. Und er erinnerte sich an alles, und es gefiel ihm nicht. Die Schuld hatte ihn noch lange geplagt. Wenn Hana zurück war, hatte sie jedes Recht dieser Welt ihn zu hassen. Sicher starben auch andere Menschen bei dem Brand. Aber niemand konnte ihn damit in Verbindung bringen. Er selbst hatte das Feuer nicht gelegt. Es konnte nur Hana sein, nur sie wusste das er sie getötet hatte. Und das waren die Worte des Geistes. Er hatte sie umgebracht. Sein Blick fiel dann auf die Statue, damit hatte er Hana getötet. Ja das musste die Verbindung sein. Jetzt ergab alles einen Sinn. Vielleicht hatte der Brand ihre Ruhe lose Seele befreit? Und jetzt wollte sie Rache. Marek legte die Bücher weg, er erhob sich und nahm die Statue.

»Hana? Wen du mich hören kannst. Ja es tut mir leid, ich war jung dumm. Aber du hast jedes Recht mich zu hassen. Du willst dich Rächen, Hana ich verstehe es. Heute würde ich alles anders machen. « Marek bereute wirklich. Sein Apartment war nicht groß. Gegenüber der Haustür gab es ein großes Fenster darunter stand sein Bett. Auf der Wand gegenüber war ein Waschbecken, ein Herd und ein Tisch aus Holz. Die Wände waren mit Fliesen ausgelegt. Genau wie der Boden. Eine alte ranzige Tapete gab es nur auf der Wand am Fenster und auf der Wand an der Tür.

Und etwas mittig im Raum hatte er ein Tisch und ein Sessel. Der Fernseher stand auf dem Holztisch auf der Seite an der Wand wo die Spüle war.

Die Tür zum Bad schloss auch nicht richtig. Dort gab es nur eine kleine Dusche, eine Toilette und das Waschbecken. Es war alles schäbig aber mehr konnte sich Marek nicht mehr leisten. Was aber auch nicht sein

Problem löste. Nämlich das er dachte Hana wäre hinter ihm her. Und so befand er sollte er doch lieber nach einem Priester suchen. Marek nahm sein Handy. Noch hatte er einige Freunde und er rief Lay an. Dieser hatte ihm in seinen Clubs immer sehr geholfen. Und Marek wusste er war sehr religiös. Vielleicht hatte Lay eine Idee. Sie Verabredeten sich, und Marek war froh aus dem Loch von Apartment raus zukommen. Sie trafen sich in einem Cafe. Marek spürte die innerliche Anspannung, aber abschütteln das ging nicht. Er biss sich leicht auf die Lippe, und holte tief Luft.

Lay überquerte die Straße, und ging auf dass Cafe zu. Marek hob einen Arm und winkte ihm. Sofort steuerte Lay auf ihn zu und setzte sich ihm gegenüber.

»Am Telefon klangst du beunruhigend Marek? Was ist denn los?« Lay sah sein Freund an und kam nicht umhin zu bemerken wie abgekämpft und blass er aussah. Marek drehte den Kopf.

»Du wirst mich für verrückt halten. Aber ich glaube ich werde von einem Geist verfolgt.« Er machte eine kurze Pause, sah auf den Tisch und Mareks Hände umklammerten die Kaffeetasse. Er starrte in die schwarze Brühe, es wirkte alles so unrealistisch.

Lay runzelte bei den Worten die Stirn. Hatte Marek grade wirklich gesagt er glaubt er wird von einem Geist verfolgt? Ernsthaft? Aber als Lay ihn beobachtet, fällt ihm auf das Marek nicht grinst. Er meinte es Todernst.

»Marek? Du meinst das ernst oder? « Lays Stimme war nicht mehr wie ein Flüstern. So hatte er Marek noch nie gesehen.

Nervös wischte sich Marek mit dem Handrücken unter der Nase und nickte.

»Lay ich brauche einen Priester. Ich muss wissen, ob es stimmt. Oder ob ich verrückt werde weißt du? «

Lay holte tief Luft und lehnte sich in dem Stuhl zurück. Er holte seine Geldbörse heraus und aus dieser eine Karte.

»Ich kenne nur einem Priester dem ich vertraue. Er heißt Yoki und ist am Togowo Schrein. Hier ist seine Nummer, rufe ihn mal an. Er wird dir bestimmt helfen können mein Freund. « Er schob ihm die Karte zu und erhob sich dann. Sein Blick ruhte auf Marek. Der nahm die Karte und nickte.

»Danke Lay.«

Lay drehte sich herum und ging. Marek sah

auf die Karte, er bezahlte den Kaffee und stand auf. Es wurde Zeit, dass er Antworten bekam. Und er hoffte der Priester könnte ihm helfen. Marek verschwand in den Gassen der Straße.

In der Händlergasse in Kyoto.

Migumi ging in den Teeladen vom alten Kori, es war ihr Lieblings Laden. Aber auch nur weil, dieser Laden den Tee hatte den Migumi so liebte. Die Worte des Priesters gingen ihr nicht aus dem Kopf. Aber Migumi spürte auch wie sie immer müder wurde mit der Zeit, ob dieser Anhänger ihre Lebenskraft ein saugte? Mit Sakura sprechen und wie? Migumi hatte keine Ahnung und auch wenn ihre Freunde da waren. Kurz blickte sie zu ihnen und lächelte leicht. Aiko, Tsubasa und

Kay. Sie standen hinter ihr, sie würden immer hinter ihr stehen. Aber war das fair? Sie zog die drei in eine Sache rein. Sie müssten es nicht, nicht wie Migumi sie hatte keine Wahl. Und wenn ihnen was passiert? Das würde sie sich niemals verzeihen. Migumi wusste nicht weiter, sie war mit der Situation total überfordert.

»Hallo Migumi! « Kori der alte Mann sah sie an und lächelte. Migumi hob den Kopf.

»Hallo Kori-san ich hätte gerne meinen Lieblingstee. « Kori nickte, er hatte einen langen weißen Bart. Seine langen schon grauen Haare waren zu einem Knoten hochgebunden. Der Bart war doch sehr gepflegt. Seine Augen strahlten Wissen aus und seine Robe war die eines Teemeisters. Nun ja das war Kori auch. Er drehte sich um und suchte Migumi den Tee zusammen. Viele Regale zierten den Laden und in jedem Regal waren kleine Töpfchen und kleine Schubladen. Beschriftet mit dem was in diesen Fächern und Töpfchen zu finden war. Über den Tresen hingen zusammengebunden Kräutersträuße. Es roch sehr stark nach altem Holz und Kräuter, eine recht herbe Mischung. Die Klingel der Tür ließ Migumi kurz den Kopf drehen.

Kaum stand Jin in der Tür, sah er das junge Mädchen. Ein Schatten waberte neben ihr. Wie eine dunkle Säule. Er erkannte kaum Umrisse aber eindeutig schien der Schatten ein Eigenleben zu haben. Jin strich sich die langen Haare nach hinten. Und schob sich seine Brille mit dem Mittelfinger auf die Nase und dann lächelte er.

»Guten Tag! «

Migumi lächelte und trat ein Schritt zurück. Doch sie fand den Mann hübsch. Er musste so 24 oder 25 Jahre alt sein. Bestimmt besuchte er die Universität. Immerhin trug er einige Bücher in seiner Tasche. Das konnte Migumi erkennen. Es war seltsam der Fremde erinnerte sie an ihrem Bruder. Neiji der studierte selbst aber in Hokkaido.

»Entschuldigen sie bitte? « Und schon bei diesen Worten verneigte sich Migumi. Jin drehte den Kopf.

»Ja? Kann ich helfen?«

Migumi bekam einen leichten rosa Schimmer auf den Wangen und sie kniff die Augen zusammen.

»Sie besuchen die Universität? Sie sind bestimmt ein Frauenschwarm richtig? «

Jin blinzelte dann schluckte er und musste lachen. Er winkte mit einer Hand ab.

»Nicht doch! Nicht doch! « Migumi blieb in der Verbeugung zuckte und kniff wieder die Augen zusammen.

»Entschuldigen sie, es tut mir leid.«

Jin legte ihr eine Hand auf die Schulter.

»Nein schon gut, lieb von dir. Ich heiße Jin! Hayoro Jin«, war seine Vorstellung Migumi erhob sich und lächelte leicht.

»Migumi! Toshi Migumi. Ich meinte nur, weil sie genau so hübsch sind wie mein Bruder Neiji und der sagt immer er muss auf der Uni flüchten. « Erklärte sie und Jin fing leise an zu lachen sah sie dann aber an.

»Neiji Toshi ist dein Bruder? Ich kenne ihn von der Schule. Er studiert doch auf Hokkaido oder?«

Migumi nickte zu seinen Worten.

»Ja genau seit 4 Monaten.« Migumi bekam ihren Tee sie bezahlte und verneigte sich noch mal.

»Also dann einen schönen Tag noch.« Sie drehte sich um und verließ mit ihren Freunden den Laden. Jin nickte und sah ihr nach. Der Schatten folgte ihr, jetzt konnte er sehen das dieser Schatten ein Gesicht hatte. Nur eine Sekunde sah er es. In seinem Unterbewusstsein drängten Bilder nach oben, Bilder die er vergraben hatte und nun nach oben stürmten. Sie waren tief verschüttet und brachen aus. Seine Schwester Chioro auch sie war von einem Geist besessen. Er konnte es sehen genau wie seine Mutter, aber er war machtlos gewesen. Chioro starb mit zehn Jahren, der Geist brachte sie dazu das sie sich selbst die Kehle aufschnitt. Jin sah die Bilder wie Chioro unter dem Kirschbaum im Garten lag. Das Küchenmesser in der Hand, er roch die Kirschblüten der Geruch vermischte sich mit dem Blutgestank. An diesem Tag verloren für Jin die Kirschblüten ihren Zauber. Sie waren nicht mehr wunderschön, sie waren ein Symbol der Grausamkeit. Ihr lieblicher Geruch war nun nicht mehr wie der Gestank des Todes. Damals war Jin fünfzehn gewesen, er war machtlos genau wie seine Mutter. Und nach dem Chioro gestorben war wurde er zum Einzelgänger. Noch heute glaubte er das er sie hätte retten müssen. Jin schüttelte die Gedanken ab, er sah Migumi nach. Aber vielleicht konnte er ihr helfen? Buße tun für Chioro und würde Neiji nicht wollen das er auf seine kleine Schwester aufpasst?

Schlussendlich war Neiji der Einzige gewesen der nach dem Tod seiner Schwester mit ihm geredet hatte. Der ein Freund war, so gut es ihm möglich war. Jin war es ja der niemanden an sich ran gelassen hatte, außer ab und zu Neiji. Ja er würde auf die Kleine aufpassen.

»Was kann ich für sie tun?« Kori riss ihn aus seine Gedanken und Jin lächelte leicht.

»Nein nichts, schon gut vielen Dank. « Jin drehte sich herum und verließ den Laden. Kori lächelte und schlurfte in den hinteren Bereich.

»Die Jugend von heute«, kicherte er leise.

Der Pfad hinauf zu dem Schrein empfand Marek als sehr lästig. Immer mal wieder blieb er stehen und sah sich um. Warum mussten Schreine immer auf einem Hügel stehen in mitten eines Waldes? Als er in den Himmel sah, dort hindurch wo die Baumkronen lichter waren konnte er sehen, wie die Wolken am Himmel, vor bei zogen. Es war windig und eiskalt. Die Luft roch nach Schnee und Marek war sich sicher es würde bald schneien. Aber noch trug die Natur ihr goldenes Kleid. Er zog den Kragen seiner Jacke höher und folgte dem Pfad. Bis er dann auch endlich am Schrein ankam. Er hob den Blick und sah den Priester der am Eingang stand. Wahrscheinlich wurde Marek vom Teufel geritten, das er hier den mühseligen Weg beschritt. Aber mal unter uns hatte er denn eine Wahl? War es nicht so dass er ein Geist an der Hacke hatte? Gut über den Status nur alles Einbildung war er hinaus. Und was hatte er schon zu verlieren? Dass ein Geistlicher ihn für verrückt hielt? Das tat Marek schon selbst, auf einen mehr oder weniger kam es nun wirklich nicht an.

Yokis Lächeln wirkte warm und herzlich. Seine ganze Ausstrahlung entfachte in Marek ein seltsam beruhigendes Gefühl. Und kaum das Marek den Schrein erreichte brach die Wolkendecke auf. Und die Sonne erhellte die Umgebung, beinah schon schien das Licht Yoki selbst zu erfassen. Seine weiße Robe schien zu strahlen und es schmerzte Marek ein wenig in den Augen.

»Willkommen im Togowo Schrein.«

Yokis Stimme war sanft und Marek versuchte sich an einem Lächeln. Beließ es aber bei einem schiefen Grinsen.

»Danke! Wieso ich hier bin wisst ihr? «

Yoki nickte und mit einer Handbewegung bat er Marek sich zu setzten. Was dieser auch tat.

Als Yoki sich gesetzt hatte hob er den Kopf um Marek direkt in die Augen zu sehen.

»Nun sie haben am Telefon gesagt das sie glauben das eine Geisterfrau sie heimsucht? « Yoki klang weder spöttisch noch amüsiert. Viel mehr schien er nachdenklich.

»Ja! Ich denke das. Ich glaube das mich ein Geist verfolgt. Ich sehe Dinge im Spiegel und ich habe das Gefühl beobachtet zu werden. Ja sogar verfolgt! Sie sprach auch mit mir sie sagte ich sei schuld an ihrem Tod und sie würde sich rächen.«

Yoki lauschte Mareks Ausführungen. Er neigte den Kopf und kratzte sich am Hals.

»Meine Güte die Geister sind zur Zeit sehr aktiv. Und alle scheinen wohl Rache nehmen zu wollen.«

Marek hob den Kopf und sah Yoki fragend an.

»Was meint ihr damit?« Yoki seufzte leise und sah auf den Tisch.

»Vor ein paar Tagen war ein Mädchen hier, sie ist von einem Geist besessen. Der sich natürlich auch rächen will. Dieser Geist benutzt das Mädchen. Ich konnte ihr nicht helfen. Nicht sehr dieser Geist hatte sich in einen Anhänger verankert. Und das Mädchen trug ihn damit hatte der Geist dann leichtes Spiel. «

Yoki zuckte die Schultern und sah Marek an.

»Die Geister sind sehr aktiv, das Mädchen tut mir leid sie leidet. Sie fand einiges über den Geist heraus, es ist eine Sie und sie starb bei dem Brand des Shinokos vor einem Jahr.«

Marek zuckte unwillkürlich zusammen als er das hörte, sein Mund wurde trocken und er sah den Priester beinah ungläubig an. Sein Herz schlug hart in seiner Brust.

Und wenn es nicht Hana war? Sondern dieses Mädchen? Aber woher wusste sie das er schuld an ihrem Tod hatte? Aber eigentlich war diese Frage überflüssig. Als Geist war sich Marek sicher würde man die Wahrheit sehen. Und wen sie als Geist gesehen hatte wie Marek den Brandstifter bezahlt hatte. Zählte sie doch eins und eins zusammen und schon wollte sie Rache.

Marek hatte nicht gewollt das die Leute sterben, er wusste nicht wie gewaltig diese Explosionen waren. Ja er wollte das Shinoko abbrennen aber der Plan war erst eine Explosion im hinteren Bereich. Die

Menschen sollten fliehen und dann die letzte Explosion. So war es aber nicht gelaufen.

»Geht es ihnen gut? Alles in Ordnung?« Yokis Stimme riss Marek aus seinen Gedanken und er blinzelte kurz und rieb sich mit der Hand über den Nacken.

»Was? Natürlich Entschuldigung, ich war nur in Gedanken. «

Marek brannte eine Frage auf den Lippen.

»Geister können sich also an Gegenstände binden? Egal welcher Art?« Er dachte sofort an die Statue mit der er Hana getötet hatte.

Yoki nickte und sah in Richtung Wald.

»Ja bei dem Mädchen war es ein Anhänger sehr auffällig wenn ich hinzufügen darf. «

Marek runzelte die Stirn.

»Wieso auffällig? «

Ein Lächeln umspielte Yokis Lippen.

»Nun ja es war so einer Klaue ähnlich und in dieser Vogelklaue war ein tiefblauer Stein.«

Marek wurde blass und er glaubte nicht was er da hörte. Yoki beschrieb ganz genau den Anhänger von Hana. Er hing über dem Bett seiner Tochter damals. Er erinnerte sich, aber Hana hatte vorher diese Kette immer getragen. Sakura nur ihren Namen kannte er, sie hatte damals ein Armband mit dem Namen getragen. An jenem Tag als er Hana getötet hatte. Marek schluckte und sah Yoki an. Er war blass ihm war das ganze Blut aus dem Gesicht gewichen. Yoki neigte den Kopf. Mareks Lippen zitterten und er flüsterte seine Frage, denn mehr ging nicht. Ein Verdacht keimte in ihm auf.

»Wie war der Name des Geistes? Nannte das Mädchen ihn? «

Yoki nickte langsam und schloss die Augen dabei und flüsterte.

»..........Sakura..........«

Es traf ihn wie ein Hammerschlag seine Eingeweide zogen sich zusammen. Kalter Schweiß brach ihm aus und seine Hände zitterten. Marek war völlig geschockt. Oh bestimmt nicht aus Vaterliebe, sondern vielmehr wegen der Tatsache, dass er fünfundzwanzig Jahre später auch seine Tochter auf dem Gewissen hat. Es war schon beinah absurd. Marek schloss die Augen und er lachte leise, wenn auch mit einem irren Beigeschmack. Yoki runzelte die Stirn, er verstand das nicht.

»Ist alles in Ordnung Herr Boskovski?« Doch Marek lehnte nur den Kopf zurück und lachte weiter. Erst als er aufhörte stand er auf und verneigte sich leicht vor Yoki.

»Vielen Dank! Sie haben mir sehr geholfen. Ja es ist alles ok. « Damit drehte er sich um und verließ den Schrein, zurück ließ er einen sehr verwirrten Yoki. Der konnte ihm allerdings nur nachsehen.

Auf seinem Weg zurück zum Auto versank Marek in Gedanken. Natürlich das war doch das bekannte Karma oder nicht? Erst tötet er Hana, dann fünfundzwanzig Jahre später auch seine Tochter Sakura. Was er schon irgendwo bedauerte, sie war nie eine Gefahr für ihn gewesen. Nein sie hätte leben können und nie erfahren das er ihr Vater ist. Und jetzt suchte sie ihn heim. Was auch Sinn ergab, er hatte das Shinoko abbrennen lassen, natürlich wollte sie Rache. Er war sich jetzt sicher, dass es nicht um Hana ging. Und er war sich auch sicher, dass Sakura keine Ahnung hatte das er ihr Vater ist. Aber als er die Tür seines Wagens öffnete war ihm eines klar, er musste das Mädchen. An welches sich Sakura gehängt hatte helfen so gut er konnte. Oh er war kein Wohltäter aber drei Leichen sollten echt nicht auf sein Konto gehen. Aber wie sollte er sie finden? Nochmal drehte er den Kopf sah den Pfad hoch.

»Scheiße!«

Marek schlug die Tür zu und ging den Pfad wieder hoch vielleicht wusste der Priester wer das Mädchen war.

Yoki hob den Kopf als er Marek sah er neigte ihn und er ahnte wieso er zurück kam.

Marek sah Yoki an.

»Eine Frage hätte ich da noch, wie hieß das Mädchen das hier gewesen war wisst ihr das?«

Die Augen von Yoki durchbohrten Marek.

»Ihr wollt ihr nichts tun richtig? «

Marek atmete tief ein schloss die Augen und schüttelte den Kopf.

»Nein, nein das will ich nicht. Ich will, dass der Geist sie in Ruhe lässt denn ich denke, dass alles meine Schuld ist. Ich möchte aber nicht ins Detail gehen. Es ist nur alles meine Schuld «, gab er Yoki als Antwort.

Yoki biss sich auf die Lippe.

»Also gut ihr Name ist Toshi Migumi.«

Und wieder traf es Marek wie mit einem Vorschlaghammer. Natürlich Toshi sie war bestimmt die Tochter vom Kommissar Toshi

Sako. Er hatte damals den Fall bearbeitet er erinnerte sich an seinen Besuch. Aber wie war das Mädchen an die Kette gekommen? Spielte das eine Rolle für ihn, es war ja passiert. Er nickte Yoki und drehte sich herum. Er verließ den Schrein wieder ging den Pfad hinab zu seinem Auto. Er öffnete die Tür und stieg diesmal ein. Er fuhr in die Stadt, er musste ob er wollte oder nicht mit dem Kommissar reden. Denn es ging um seine Tochter. Tatsachen würde Marek dann fallen lassen. Ob der Kommissar ihm glaubte war eine andere Geschichte.

Migumi betrat das Haus ihrer Eltern. Sie zog

ihre Schuhe aus und setzte sich auf das Sofa. Sie streichelte über den Anhänger, ein Geist benutzte sie. Es wurde Zeit das sie mit ihren Eltern sprach. Sie fühlte sich alleine und hilflos. Dieser Geist hatte viel Macht. Migumi kam sich vor wie eine Puppe. Aber würden ihre Eltern ihr glauben? Sie musste es versuchen, koste es was es wolle. Vielleicht würden sie, sie einweisen aber sie könnte es verstehen, die Geschichte war unglaublich. Migumi sah auf die Uhr, die im Wohnzimmer an der Wand hing. Sie tickte leise, die weiße Couch versprach Entspannung, aber Migumi wollte nicht. Sie sah auf den braunen Teppich, der das dunkle Holzparkett verdeckte. Versunken in ihren Gedanken hörte sie erst das Klopfen nicht, als es aber energischer wurde hob sie den Kopf. Sie ging

155

zur Tür und öffnete diese und sah in Jin's lächelndes Gesicht.

»Hallo Migumi ich habe hier Eiscreme. Naja ich dachte vielleicht willst du ein bisschen Eis? Du sahst vorhin ein wenig bedrückt aus. «

Ernsthaft? Ihm viel nichts Besseres ein? Migumi aber lächelte und nickte.

»Ja schon gerne, also ich könnte es echt jetzt gebrauchen.«

Jin hielt die Tüte hoch. Und Migumi öffnete die Tür ganz und bat ihn rein. Jin zog seine Schuhe aus und sah sich um.

»Viel hat sich nicht verändert, ich war öfter mal hier dein Bruder besuchen. Du warst aber noch zu klein. Wollen wir auf die Terrasse?«

Migumi nickte und schob die Terrassentür auf. Sie setzten sich auf die Gartenstühle und

Jin holte die beiden Becher Eis heraus und zwei Plastiklöffel. Er schob Migumi einen Becher zu.

»Ich hab jetzt Vanille geholt, ich hoffe das ist ok?« Migumi lächelte und öffnete den Becher sie nahm den Löffel und stocherte ein bisschen herum. Jin war nicht dumm, er öffnete sein Becher und nahm sich ein Löffel sah dann Migumi an.

»Und wo drückt der Schuh Migumi? Vorhin im Teeladen warst du besser gelaunt. Jetzt bist du still und nachdenklich.«

Sie biss sich auf die Lippe und steckte den Löffel ins Eis.

»Ich habe ein Problem, und weiß nicht was ich tun soll. Und dazu kommt, dass mir keiner glauben wird, wenn ich davon erzähle. Ich will es meinen Eltern sagen, habe aber

Angst dass sie denken ich sei übergeschnappt.«

Jin bemerkte das es Migumi ernst war. Er nickte und schob sich einen Löffel Eis in den Mund und sah in den Garten.

»Ich schätze, das liegt an dem Geist der sich an dir gehängt hat? Ich mein, ich verstehe dass es wahrscheinlich echt unheimlich ist. «

Migumi zuckte zusammen und blinzelte über den Tisch beinah prüfend Jin an.

»Du weißt? Sag mir bitte, das ich nicht spinne, das du sie auch gesehen hast.«

Sie zog den Eisbecher zu sich und fing an zu Essen und sah dabei neugierig zu Jin.

Er lächelte und sah Migumi an und nickte.

»Ja, das habe ich und nein du spinnst nicht. Aber Migumi was will der Geist von dir? «

Migumi ließ den Löffel sinken und sah zu

ihm rüber.

»Rache Jin, sie will Rache üben an ihrem Mörder. Sie heißt Sakura und starb vor einem Jahr bei dem Brand im Shinoko in der Hikara Gasse. Sie sagt, sie will mir nichts tun, aber sie brauche mich«, erklärte Migumi.

Jin hörte ihr aufmerksam zu, neigte den Kopf und schien zu überlegen wie er ihr denn helfen konnte.

»Nun, deine Eltern wissen es noch nicht. Und du bist nicht sicher wie sie reagieren.«

Migumi schüttelte den Kopf, sie hatte ihre Eltern noch nicht gesehen. Darum war sie Zuhause, sie hatte ja im Grunde gewartet. Und dann kam Jin mit dem Eis.

Die Frage war nur, wann ihre Eltern nach Hause kommen würden.

Marek fuhr zum Polizeirevier, er wollte mit Kommissar Toshi sprechen. So fragte er sich durch, wo denn das Büro des Kommissars wäre. Als er dann nach einigen Fehlschlägen davor stand, klopfte er.

»Ja bitte?!«, hörte er eine dumpfe Stimme hinter der Tür. Und drückte die Türklinge runter und betrat den Raum.

Es war ein typisches Büro in einer Ecke Pflanzen, der Teppich hatte eine graue Farbe, ein Aktenschrank und zwei Tische, die sich gegenüber standen unter einem großen Fenster. Und rechts saß Kommissar Toshi und tippte grade seinen Bericht in den Computer. Er unterbrach sich und sah auf, als die Tür sich öffnet und er Marek sah. Was wollte denn Herr Boskovski hier? Er lehnte sich zurück und lächelte, sah dabei aber

160

Boskovski die ganze Zeit an.

»Was kann ich denn für Sie tun?«

Marek sah zu einem Stuhl.

»Darf ich? «, fragte er und Sako nickte ihm zu.

Er zog den Stuhl zurück und setzte sich Sako gegenüber.

»Herr Kommissar Toshi, ich bin hier, weil ich eine Frage habe. Damals als das Shinoko abbrannte. Kam in den Flammen eine junge Frau namens Sakura um richtig? « Sako lehnte sich vor und fixierte Marek an, nickte aber dann zur Bestätigung.

»Ja, das ist richtig! Aber warum interessiert sie das? Es ist ein Jahr her. Der Fall liegt bei den Akten. « Marek biss sich auf die Lippe und lehnte sich zurück in den Stuhl.

»Nun ja, es geht da mehr um ihre Tochter,

nicht um mich. Ihre Tochter trägt eine Kette, nicht wahr? Ein blauer Stein, der in einer Vogelklaue gehalten wird. Stimmt das? « Sako funkelte Marek an.

»Es wäre besser, sie halten sich von meiner Tochter fern! Was soll das hier werden, Herr Boskovski wollen sie mir etwa drohen?« Marek schüttelte den Kopf und sah Sako an.

»Ich will ihnen nicht drohen, ich will nur nicht, dass ihrer Tochter was passiert. Das was ich ihnen jetzt sage klingt so unglaublich, dass sie denken werden, ich sei übergeschnappt.« Marek ahnte dass diese Offenbarung die ja kurz bevorstand, für Sako entweder ein Schlag ins Gesicht war. Oder aber Sako ihn direkt einweisen ließ. Wie auch immer, Marek hatte sowieso nichts zu verlieren.

»Vor einem Jahr brannte das Shinoko ab, sie waren bei mir deswegen. Ich konnte nicht helfen. Im letzten Jahr liefen meine Geschäfte schlecht und es trieb mich in den Ruin. Ich dachte erst, es sei nur eine Phase. Ich musste umziehen in ein schäbiges Apartment. Ich fing plötzlich an, Dinge zu sehen, Herr Kommissar. Dinge die nicht wahr sein konnten, ich rede hier von einem Geist, der mich ruiniert und versucht in den Wahnsinn zu treiben. Ich weiß wie das klingt. « Sako lauschte und sah ihn sehr skeptisch an. Was sollte er denn dazu auch sagen? Er räusperte sich um nun doch das Wort zu ergreifen.

»Und was hat diese verrückte Geschichte mit meiner Tochter zu tun? « Marek nickte.

»Dazu komme ich jetzt, ihre Tochter ist irgendwie an den vorhin erwähnten Anhänger gekommen. Der gehörte Sakura und ich glaube, dass Sakura ihre Tochter als Hülle benutzt. Ihre Seele scheint mit dem Anhänger verbunden zu sein. Sie muss sich von der Lebenskraft ihrer Tochter nähren, ich habe Bücher gelesen, ich war bei einem Priester am Togowo Schrein und Migumi war da auch. Das hat mir der Priester bestätigt. Migumi weiß es, Herr Kommissar. «

Sako hörte ihm zu und schien zu überlegen.

»Sagen wir, ich glaube ihnen nicht, dann können sie das alles bestimmt beweisen ja? «

Marek wusste, dass es nicht einfach wird, das Einzige, was er weiß ist, dass sie den Anhänger hat und so hob er den Kopf. »Nein Kommissar, das kann ich leider nicht, ich weiß nur von dem Anhänger den hatte der Priester erwähnt. Sie wollen Beweise? Dann müssen sie mit ihrer Tochter sprechen. « Sako sah auf den Tisch dann griff er zum Telefonhörer und wählte eine Nummer und legte sich den Hörer ans Ohr. Es gab ein Freizeichen dann hörte er ein Knacken in der Leitung.

»Ja hier bei Toshi? «

Es war Migumis Stimme und Sako lächelte.

»Migumi ich bin es, du ich habe eine Frage. Das möchte ich aber nicht am Telefon besprechen, ich werde jetzt nach Hause kommen. Bleibst du bitte da? «

Erst war nur Stille am anderen Ende zu vernehmen und dann hörte Sako Migumis seufzen.

»Ja, ich bin zuhause und warte. Und worum geht es Papa? «

Sako schüttelte den Kopf, auch wenn das

unnötig war.

»Warte bis ich zuhause bin, es ist nicht schlimm, keine Sorge.« Sako legte auf und sah Marek an.

»Sie sollten beten, dass sie mir keine Märchen erzählt haben. Wenn sie so versuchen an meine Tochter ran zukommen, wird das Ganze hässlich für sie enden. Warten Sie nur kurz, ich muss eben zu meinem Kollegen. « Sako erhob sich und verließ sein Büro, er ging den Gang runter und klopfte an Yuis Bürotür.

» Herein?«

Sako drückte die Tür auf und trat ein und schloss die Tür direkt.

»Yui, ich hab eine Frage, den Anhänger den du mir gegeben hast für Migumi wo hast du den her? Es ist wirklich wichtig.«

Yui sah von seinem Computer auf und lächelte.

»Ja also den habe ich aus der Asservatenkammer.« Yui hatte kein Grund zu lügen. Und es war ja nicht verboten es lag in der Fundkiste und war kein wichtiger Gegenstand der Ermittlungen.

»Und der stammt aus dem Brand vom Shinoko? « Sako musste es ganz genau wissen. Yui nickte und sah seinen Kollegen an.

»Warum plötzlich dieses Interesse? Ist irgendwas mit dem Anhänger? Er war in der Fundkiste also wenn du durch mich Ärger hast es ist alles meine Schuld. «

Sako winkte aber nur ab.

»Was? Nein! Ich wollte nur wissen, wo er herkommt. Migumi mag ihn und ich war einfach neugierig. « Sako lächelte und drehte sich zur Tür um diese zu öffnen. Hielt aber in der Bewegung inne als seine Hand auf der Türklinge lag und drehte den Kopf.

»Gar nichts bist du Schuld. « Er zwinkerte Yui zu und drückte die Türklinge runter, öffnete die Tür und verließ das Büro.

Mit Marek ging Sako hinaus und drehte den Kopf zu ihm. Er wusste nicht, was hier gespielt wurde, auch hatte er keine Ahnung was Marek damit bezweckte. Sako nahm sich vor, mit seiner Tochter zu sprechen und herauszufinden, was an der Story von Marek stimmte. Und was Marek überhaupt damit zu tun hatte. Bis jetzt glaubte er ihm nämlich kein Wort, alles klang so schwammig und irgendwie als hätte Marek es erfunden. Aber wieso? Was genau versprach er sich davon?

Das würde Sako herausfinden, immerhin war er hier der Cop.

»Ich hoffe, dass sie nicht versuchen, mich zu verarschen oder an meine Tochter ran zukommen. Ich schwöre ihnen, Herr Boskovski das würden sie bitter, sehr bitter bereuen. Ich schätze wir haben uns verstanden? «

Keine leere Drohung von Sako, im Gegenteil, das war sein voller Ernst. Marek nickte ihm zu, er war ja froh, dass er überhaupt kooperativ war.

Sako öffnete die Tür seines Wagens und drehte nochmal den Kopf, sein Blick ruhte auf Marek. Dann stieg er ein schloss die Fahrertür und drehte den Zündschlüssel und fuhr davon. Marek sah ihm nach, er holte tief Luft. Dann drehte er sich herum und verließ das Polizeigelände.

Sako kam nur vierzig Minuten später an seinem Haus an, er stellte den Motor ab und stieg aus. Er lief direkt zur Tür und schloss auf. Er war noch nicht ganz drin da rief er schon.

»Migumi? Bist du zuhause?«

Migumi kam aus dem Garten und sah ihren Vater an direkt hinter ihr erschien Jin und er verneigte sich leicht.

»Herr Toshi, schön sie wieder zusehen. Sie erinnern sich bestimmt nicht an mich, Hayoro Jin, sie haben damals den Tod meiner kleinen Schwester untersucht. «

Sako würde diesen jungen Mann niemals vergessen, nach dem Tod seiner Schwester wurde er bespuckt, weil er behauptet hatte, ein Dämon hätte sie getötet. Alle hielten Jin für verrückt, nur sein Sohn Neiji nicht. Aber wieso war er hier? Sako zog sich die Schuhe aus, er stand immer noch an der Tür und ging dann ins Wohnzimmer, wo er sich setzte.

»Jin es ist schön, dich wiederzusehen, wie geht es dir? Doch ich erinnere mich an dich, aber was treibt dich hier her? «

Migumi setzte sich neben ihren Vater und Jin nahm auf einen Stuhl platz. Er lächelte und sah zu Migumi die leicht nickte.

»Nun Herr Toshi! Ich bin wegen Migumi hier. Ich weiß, dass damals alle dachten, ich sei verrückt, aber ich weiß, was ich sehe und gesehen habe. « Die Erinnerung schmerzte, er war es mittlerweile so leid, sich immer zu rechtfertigen. Doch Sako war nicht dumm, Marek hatte ihm von einem Geist erzählt. Jin hatte damals behauptet, er habe was gesehen und nun sitzt er in seinem Wohnzimmer.

»Hat sich ein Geist an meine Tochter gehängt? « War die Frage noch bevor Jin ihm sagen konnte, wieso er eigentlich hier war. Migumi sah verblüfft zu ihrem Vater und blinzelte ungläubig.

»Papa? Du weißt das? Aber woher? « Also doch, dann war es wahr. Das traf Sako und er musste sich eingestehen, dass Marek die Wahrheit gesagt hatte.

»Marek Boskovski kam heute zu mir, er war ein reicher ausländischer Investor. Er hatte damals viele Kneipen und Restaurants in der Hikara Gasse. Er erzählte mir, dass er nach dem Brand komische Dinge sah. Und er ging pleite in nur einem Jahr verlor er alles. Er glaubt, dass dieser Geist es auf ihn abgesehen hat. Und du bist nur seine Hülle wegen dem Anhänger, den du von mir bekommen hast zum Geburtstag. Yui hat mir vorhin bestätigt, dass er ihn aus der Asservatenkammer hat. Mir fehlt nur die Verbindung, wieso dieser Geist es auf Boskovski abgesehen hat. «

Migumi lauschte ihrem Vater und legte ihre Hände in seine.

»Du Papa. Sakura will Rache, weil er sie getötet hat. Das sagt Sakura immer und immer wieder in meinem Träumen.«

Sako sah zu Jin der erst mal nichts gesagt hatte, aber nickte.

»Nun, ich sehe den dunklen Schatten hinter Migumi. Er folgt ihr, egal wo sie hingeht, ich sehe ihn mehr verschwommen aber hin und wieder sehe ich ein Gesicht, verzerrt, aber es ist da. « Jin sah zu Migumi und Sako atmete tief durch.

»Ok und sie will sich an Marek rächen dann musste er ja doch was mit dem Brand zu tun gehabt haben. Dann haben meine Instinkte mich nicht getäuscht damals. Ich konnte ihm nur nichts beweisen.«

Jin sah auf, er biss sich auf die Lippe.

»Gut, wir wissen was sie will, aber können wir das zu lassen? Immerhin benutzt sie Migumi, was, wenn man ihr alles nachher in die Schuhe schiebt? Dann ist Migumi wegen Mord dran.« Sako verstand die Logik und er lehnte sich zurück auf der Couch, rieb sich mit den Händen über das Gesicht.

»Richtig Jin! Aber mal ernsthaft, was haben wir für eine Wahl. Sie kontrolliert Migumi, Marek aber sagte, er sieht Dinge. Ich glaube nicht, dass meine Tochter ihm erscheint. Wir müssen herausfinden wie Sakura Migumi benutzt. Wofür genau und dann sollten wir überlegen, wie wir es beenden. Und Migumi? Kein Wort zu deiner Mutter sonst ist hier die Hölle los. « Migumi sah ihren Vater an, dann jedoch nickte sie. Ja, es wussten bis jetzt Aiko, Tsubasa und Kay. Sowie Jin, ihr Vater und dieser Marek und der Priester.

Sako nickte und erhob sich.

»Wir sollten uns informieren. Ich weiß nicht alles über Geister.«

Jin nickte und stand auf, er nahm seine Tasche und schulterte sie.

»Ich kann Bücher besorgen, ich habe mich damit natürlich beschäftigt nach Chioros Tod. Vielleicht finde ich etwas, eine Beschwörung, um mit Sakura zu reden.«

Sako nickte und lächelte leicht.

»Das wäre großartig, wenn du so was finden könntest. Es ist wirklich verrückt, ich bin skeptisch, es klingt alles so unwirklich.«

Jin drückte Migumi leicht und sah dann zu Sako, er gab ihm die Hand.

»Ja Herr Toshi, das ist es, aber wir werden das hinbekommen ich habe so Chioro verloren, Migumi wird das nicht passieren. Jetzt bin ich erwachsen.«

Migumi hatte gemischte Gefühle ihr war klar, dass der Geist sie auch töten oder in den Wahnsinn treiben konnte. Sie hatte selbst schreckliche Angst. Denn so was war ja nicht alltäglich. Jin verabschiedete sich und verließ das Haus Migumi ging zu ihrem Vater und sie drückte ihn.

»Papa ich hab schon Angst. «

Sako streichelte ihren Kopf und drückte sie,

er küsste ihren Kopf.

»Das hast du bis jetzt ganz toll gemacht, du bist sehr mutig Migumi. Den Rest schaffen wir zusammen.« Er hielt sie noch eine Weile so an sich gedrückt.

Marek stieg aus dem Taxi, er ging zur Fahrertür und gab dem Fahrer sein Geld. Das Taxi verließ das Viertel. In diesem Viertel waren Abteile, die man mieten konnte. Um seine Sachen einzulagern. Als Marek alles verloren hatte, blieben ihm nur zwei Abteile. Das war alles, was noch übrig war, der Rest wurde versteigert. In einem Abteil lagerte Marek alte Möbel. Nicht viel wert, aber für ihn waren sie unbezahlbar. In dem anderen Abteil waren seine restlichen Sachen, darunter auch Kleidung. Alles in allem so ziemlich wertloser Plunder. Aber das waren die Dinge, die Marek nicht wegwerfen konnte. Er holte den Schlüssel aus seiner Tasche und schloss das Abteil auf, er drückte das Tor hoch und es ratterte. Er zog an einem kleinen Faden und eine Lampe flackerte auf schwang hin und her und spendete so ein wenig Licht. Der Geruch von Moder stieg Marek in die Nase und er wartete erst mal ein paar Minuten. Damit sich die alte Luft in dem Abteil ihren Weg nach draußen bahnen konnte. Seine Augen blickten sich um, links standen die alten Möbel. Rechts waren Kartons an der Wand gestapelt. Sie waren beschriftet und in ihnen waren Mareks Bücher. In seiner alten Villa hatte er eine große Bibliothek und zu fast jedem Thema hatte Marek mindestens ein Buch. Also gab es auch ein Karton mit der Aufschrift Okkultismus. Diesen wollte er, also musste er erst mal die Kiste mit der historischen Sammlung runter heben. Marek erhoffte sich in diesen Büchern, die er sonst immer als akuten Schwachsinn abgetan hatte, etwas zu finden, was ihm weiter helfen konnte. Sicher hatte er in den letzten Monaten viel gelesen. Dennoch, das Okkulte war ihm ein Rätsel und er hoffte es, zu entschlüsseln. Problem war jetzt nur, dass er auf einer Art glaubte, auf die andere Art dachte er, dass er selbst nicht mehr alle Tassen im Schrank hatte. Ach was das ihm das komplette Geschirr fehlte.

Er ließ sich auf einen Hocker fallen und zog den Karton zu sich und öffnete diesen. Marek konnte es immer noch nicht glauben, dass es seine Tochter sein sollte. Und wenn er ehrlich war, hatte er das Balg doch sowieso vergessen. Aus den Augen aus dem Sinn und nie hat es ihn interessiert, wo sie war oder was sie tat. Doch für ihn war es nur recht und billig, dass sie nun sein Leben zerstörte. Wenn gleich auch aus anderen Gründen, so wusste Marek doch, wenn sie erfährt wer er ist. Und, dass er ihre Mutter getötet hatte. Ja, dann würde die Party erst richtig losgehen. Sakura war ohne Zweifel der Rachegeist. Es dürstet sie nach Vergeltung.

Das war für Marek so klar wie Kloßbrühe und mal ehrlich, nach allem hatte er es in gewisser Weise verdient. Aber es war sein Ernst das er dieser Migumi helfen wollte. Er hatte nun zwei Leichen auf seiner Liste eine Dritte musste er nicht haben. Er fühlte sich verantwortlich, ja sogar schuldig. Hätte er das Shinoko nicht abbrennen lassen, wäre Sakura nicht gestorben und hätte somit nie Migumi übernommen. Er blickte auf die Bücher in dem Karton und seufzte leise.

»Man, ich bin so was von im Arsch, ernsthaft! «

Es war eine Feststellung und er wusste, dass er jetzt auch noch mit Selbstgesprächen anfing. Es war ihm gleich, er war ja schon total balla balla.

Für Marek sollte sich alles ändern, er wusste

nicht, was noch auf ihn zu kam. Er sah die Bücher durch und er suchte wirklich Lösungen. Das woanders sich keine Lösung sondern eine Tragödie anbahnte, konnte Marek nicht ahnen.

Sakura stand neben Migumis Bett, sie beobachtete die Schlafenden. Eifersucht auf die Lebenden, nein, das hatte Sakura nicht, sie war nun kräftiger und konnte eine feste Form annehmen, dank Migumis Lebensenergie.

Sie setzte sich auf die Bettkante neben Migumi und strich ihr beinah zärtlich ihre Haare aus dem Gesicht. Ihre dunklen Augen beobachten und ihre blassen fahlen Lippen verzogen sich zu einem Lächeln. Migumi bewegte sich und öffnete langsam ihre

Augen. Sie zuckte sofort zusammen als sie die Umrisse wahrnahm. Sakura legte ihre Hände in den Schoß, ihr Kopf war leicht nach vorne gesenkt aber sie lächelte.

»Ich will dir nicht weh tun Migumi. Ich will nur Rache, ich weiß, dass Marek das Feuer gelegt hat. Oder vielmehr hat legen lassen. Ich weiß du fürchtest dich vor mir. Aber ich will dir nicht schaden. Aber ich brauche dich. « Sakuras Stimme klang leicht kratzend und ein wenig kühl. Migumi lauschte ihr und irgendwie verstand sie das auch.

»Sakura, es stimmt, ich habe Angst sogar ganz schreckliche. Aber ich verstehe dich auch. «

Es herrschte Stille und Migumi sah Sakura an. Diese lächelte wieder und hob den Kopf die dunklen Höhlen wo einst die Augen waren sahen zum Fenster.

«Ich wusste, du lässt mich nicht hängen.» Sakura erhob sich und ging zum Fenster, wo sie sich dann auch auflöste. Migumi sah seitlich weg, sie konnte Sakura doch nicht hängen lassen. Sie sank dann zurück in ihre Kissen, sie fühlte sich schlapp so als wäre ihr Körper aus Blei und sie wurde müde unglaublich müde. Sie fiel in einen unruhigen Schlaf, sie hatte das Gefühl, dass sie immer schwächer wurde.

Und wie recht sie doch hatte. Sakura hatte sicher nicht vor, sie zu schützen, im Gegenteil. Sie war nur die Hülle, ihr Werkzeug. Sakura saugte sie aus, sie würde ihre ganze Energie stehlen und selbst wieder leben. Jedoch wusste sie, dass sie Migumi bei Laune halten musste. Aber Migumi war nur ein Kind, Sakura hatte doch leichtes Spiel. Sie würde ihren Platz einnehmen im Leben und niemand konnte das verhindern. Es stimmte, Geister waren falsch, sie logen und dachten nur an ihren Vorteil.

„Wenn du einen Geist siehst, lauf!
Wenn er dich verfolgt, lauf weiter! Dreh dich nicht um.
Und lausche niemals seinen süßen Versprechungen, denn so fängt er dich!"
(Die letzten Worte eines Mannes, der in einen Abgrund stürzte.)

Migumi kannte diese Worte nicht, sie vertraute darauf, dass Sakura Wort hielt.

Der Priester Yoki hatte nachgedacht, er hatte andere Priester kontaktiert und um Rat gebeten. Einer der Ältesten war zu ihm gereist und bat Yoki, alle Leute die damit in Verbindung standen anzurufen, dass sie zum Togowo Schrein kamen.

Yoki nahm den Hörer und wählte die Nummer von Kommissar Toshi.

»Ja hier bei Toshi!«

»Ja ich bin Yoki der Priester vom Togowo Schrein. Ihre Tochter Migumi war bei mir. Ist es möglich, dass sie nochmal her kommt? Es ist sehr wichtig.«

Sako sah zu seiner Tochter und lächelte dann.

»Natürlich, aber ich begleite sie. Wann sollen

wir kommen?«

Natürlich war Yoki erleichtert.

»Oh wunderbar gleich Morgen? Passt ihnen das?«

»Ja wir sehen uns Morgen so um zehn Uhr. « Die Leitung knackte leise, dann hörte Yoki ein Besetztzeichen.

Er drückte den Finger auf die Gabel und wählte dann Mareks Nummer. Er sagte ihm das gleiche und auch Marek versprach um zehn da zu sein.

Yoki sah zu dem Alten Priester, der nickte.

»Wir haben viel zu tun Yoki. «

Yoki verneigte sich leicht.

»Natürlich ehrenwerter Masume-san. «

Damit verschwand er hinter den Schrein. Masume blieb auf der Terrasse sitzen und betrachtet den Sonnenuntergang, dabei zog er gemütlich an seiner Pfeife. Seine weißen Haare waren hoch gebunden, er trug die Robe der Shinto Priester und sein weißer langer Bart verdeckte seine Brust.

Früh am nächsten Morgen bog Sako mit dem Auto auf den Waldparkplatz ein. Er, sowie Migumi und auch Jin stiegen aus. Migumi hatte Jin gebeten mitzugehen und dieser erklärte sich sofort bereit.

Keiner wusste was sie erwartet, aber Migumi hatte wieder Träume gehabt. Sakura wurde immer mächtiger sie fühlte ihren Hass. Migumi wusste, dass Sakura schon bald so viel Macht hatte, dass sie mehr als nur ihre Lebensenergie verlor. Migumi war blass sie hatte einen dunklen Schimmer unter ihren Augen. Sakura saugte sie aus und sie nahm keine Rücksicht.

Migumi versprach sich viel von dem Treffen wer außer Geistliche konnte ihr den sonst helfen? All ihre Hoffnungen setzte Migumi in dieses Treffen.

Der Pfad war wie immer mühselig und als sie sich an den Aufstieg machten, holte Marek sie ein. Er sah Migumi an und ja es tat ihm leid. Er wusste, dass er schuld war, darum war es wohl an der Zeit auszupacken.

Den Pfad hoch sprach keiner, was sollten sie auch sagen?

Endlich tauchte der Schrein vor ihnen auf, und alle atmeten tief durch.

Masume saß auf der Terrasse er hatte sich seine Pfeife gestopft und hob den Blick als er die Besucher sah. Er lächelte

»Yoki unsere Gäste sind da!«

Yoki kam auf die Terrasse und sah die vier an

er lächelte.

»Schön, dass ihr da seid. Setzt euch bitte, dann können wir anfangen, das ist Masume-san einer der hohen Priester des Hachiman Schreins «, stellte Yoki ihn vor.

Sako verneigte sich vor ihm und setzte sich.

»Also wieso sind wie hier?« Migumi setzte sich neben ihren Vater und nickte zu seiner Frage, Jin setzte sich hinter den beiden und Marek nahm Platz an der linken Seite.

Yoki nahm neben Masume Platz und hob den Kopf.

»Es geht um den Geist, der sich an Migumi gehängt hat. Wir wissen, dass sie Rache will. Ihr alle hängt da drin. Ich habe mich mit Masume-san unterhalten. Er ist der Meinung, dass Sakura erst dann aufhört, wenn sie hat, was sie will.«

Yoki stutzte kurz und sah Jin an.

»Du bist neu!«

Jin lächelte und nickte er sah kurz Migumi und ihren Vater an der nickte.

»Ja ich bin neu, weil ich Sakura sehen kann, ihre dunkle Aura. Ich spüre, wenn sie da ist. Ich hab sie im Teeladen gesehen als Migumi dort war, ich wusste da stimmt was nicht. «

Yoki lauschte dem und nickte

»Verstehe.«

Sako hob den Kopf.

»Gut aber warum meine Tochter und was will der Geist? Rache? Ja an wenn denn? Und was zum Teufel hat das alles mit meiner Tochter zu tun? Ich verstehe nämlich rein gar nichts! «

Yoki sah zu Sako und er verstand es ja. Masume war es, der sich zu Wort meldete und neigte leicht den Kopf.

»Ja, Herr Boskovski, so war doch ihr Name, wenn Yoki mich richtig informiert hat?«

Marek nickte nur und er ahnte fürchterliches.

»Nun Herr Boskovski wieso will der Geist Rache, eine Idee?«

Marek sah alle kurz an und was sollte es. Es wurde Zeit, mal Licht ins Dunkel zu bringen.

»Also gut, es war vor sechsundzwanzig Jahren. Ich hatte eine Affäre mit einer Konkubine, ihr Name war Hana. Nun sie offenbarte mir, dass sie schwanger sei. Das passte aber so gar nicht in mein Szenario, denn immerhin stand ich kurz davor, in das Geschäft der Familie eingeführt zu werden. Und eine schwangere Konkubine, das ging gar nicht. Also verschwand ich und kam erst Monate später zurück. Hana hatte das Kind zur Welt gebracht. Ich war bei ihr und wir stritten, sie drohte, alles auffliegen zu lassen und da brannten mir die Sicherungen durch.«

Marek sah auf den Tisch und Sako glaubte nicht, was er da hörte.

»Und dann?« Musste er die Frage stellen. Marek tat einen tiefen Atemzug bevor er leise weiter sprach.

»Sie wollte zur Tür raus, ich hielt sie auf, griff nach ihr und nahm mir eine Statue von der Kommode an der Tür, ein Fabelwesen. Ich erschlug Hana, ich habe sie getötet, weil ich nicht wollte, dass sie meinem Vater erzählt, dass sie ein Kind von mir hatte. Mein Vater hätte mich enterbt.«

Er schloss kurz die Augen und als er sie öffnete, sah man wirklich Reue in seinen Augen.

»Nachdem Hana tot war, hörte ich das Baby, ich ging in das Zimmer, aber ich konnte einfach kein Baby töten also säuberte ich die Wohnung, wickelte Hana in ein Tuch und schaffte sie weg. Das Shinoko war zu der Zeit ein Bordell und Hana hatte dort gearbeitet, ich wusste von dem Keller und der Hohlwand. Hana hatte es mir gezeigt und so verpackte ich Hana in eine Plastikplane und mauerte sie hinter der Hohlwand ein. Ich fuhr dann zurück und machte Meldung, dass ein Baby alleine in einem Apartment ist.«

Sako lauschte und nickte dann, denn es war schlüssig er hob den Kopf.

»Ok die Polizei kümmerte sich um das Baby. Aber was genau hat das mit Sakura und meiner Tochter zu tun?«

Marek senkte den Blick.

»Dazu komme ich jetzt, das Shinoko ist Familienbesitz ich erfuhr, dass Rin den Keller ausbauen wollte. Würde das passieren, ja dann hätte man Hana gefunden. Also musste ich das Shinoko abbrennen lassen. Ich war es, Kommissar Toshi. Und um es ganz zu erklären Sakura war das Baby damals in der Wiege also meine Tochter. « Damit ließ er die Bombe platzen.

Sako saß da wie vom Donner gerührt und auch Migumi sah ihn geschockt an.

Jin wiederum lauschte nur, aber er fing an, seine Schlüsse zu ziehen.

Marek sah auf.

»Ich wusste nicht, dass Sakura meine Tochter ist und dass sie im Shinoko arbeitet. Das fand ich erst hier am Schrein heraus nachdem ich mit Yoki gesprochen hatte. Ich hab sie nach dem Tag als ich ihre Mutter getötet hatte auch nie wieder gesehen. Aber es ist meine Schuld, alles. «

In Sakos Hirn arbeitete es und er biss sich auf die Lippe.

»Und jetzt? Meine Tochter wird nicht geopfert. Und ich bin immer noch Polizist, das alles wird Folgen haben. Ich sehe das hier als Geständnis Marek. «

Masume hatte wie Yoki dem Gesagten gelauscht und er räusperte sich.

»Nun Sakura will Rache, sie scheint so getrieben davon zu sein, dass ein Exorzismus wohl nicht klappen wird. Sie saugt Migumi ihre Lebensenergie aus und ich denke, dass sie schon sehr mächtig ist. Sie wird diesen Anhänger nicht mehr brauchen, sie bekommt alles was sie braucht von Migumi. Ich sage es nur ungern, aber es gibt nur eine Lösung. Der Schuldige muss sich ihrer Wut stellen. Egal was wir tun, wir werden sie nicht von Migumi trennen können. «

Sako rieb sich die Schläfe, er sah seine Tochter an, die nur schwach lächelte.

»Aber ich kann doch niemanden in den Tod treiben, nur weil ich Leben will. Nein Papa, das kann ich nicht. Ja was Herr Boskovski getan hat ist schlimm. Aber ich kann nicht über sein Leben entscheiden. Oder meins über seinem stellen. « Migumi meinte es ernst, das wollte und konnte sie nicht.

Marek hob den Kopf und lächelte.

»Keine Angst Migumi, es wird Zeit, dass ich für meine Taten bezahle. All die Jahre lebe ich mit dieser Schuld. Und ich bereue zutiefst. Ich habe Hana getötet und dann auch noch meine Tochter. Ich werde nicht noch jemanden töten. Und schon gar nicht dich Migumi, du bist jung und hast nichts damit zu tun. Es gibt nur einen Schuldigen und das bin ich. «

Migumi sah Marek besorgt an und sie wollte widersprechen, aber Sako legte ihr eine Hand auf den Arm und schüttelte den Kopf. Marek sah zu Masume.

»Und was muss ich tun? Was genau sind die nächsten Schritte? «

Yoki schien auch bedrückt und Jin hob den Kopf.

»Vielleicht können wir sie dann besänftigen. Wenn Marek bereut und er es ihr zeigt, vielleicht lässt sie ab von der Rache? Selbst Geister können logisch denken. «

Das war seine Idee und Marek lächelte ihm

dankbar zu. Den er erkannte, dass Migumi die Idee gut fand. Marek glaubte nicht dran aber er wollte, dass Migumi es tat um es ihr leichter zu machen.

Masume hob den Blick.

»Sakura muss an einem heiligen Ort gebunden werden. So kann Marek mit ihr sprechen und sie kann nicht verschwinden. Dann soll sie sich von Migumi lösen. Und das wird das erste sein. Das können wir, aber sie wird sich jemand Neues suchen. Oder sie hat schon genug Macht, dass sie Migumi dann gar nicht mehr braucht. Was der günstigere Fall wäre. Dann lösen wir sie und zerstören den Anhänger. «

Er sah zu Marek und senkte den Blick.

»Dann sind sie ihr ausgeliefert, und niemand kann sie dann noch schützen falls sie ihre

Rachegelüste ausleben will. Das ist ihnen klar? «

Marek schloss kurz die Augen und holte tief Luft dann nickte er.

»Ich bin mir dessen vollkommen bewusst, und ich weiß, auf was ich mich einlasse und werde es tun. «

Migumi gefiel das nicht, aber als sie ihren Vater in die Augen blickte erkannte sie, dass er sich um sie sorgte. Sie drehte den Kopf und sah zu Marek. Sie würde keine Schuld haben, er wollte es tun. Sie sah zu Jin der nickte ihr zu. Es war alles so furchtbar, sie konnte rein gar nichts tun da sie Sakura nicht kontrollierte, sondern umgekehrt Sakura kontrollierte Migumi.

»Und wann sollen wir es machen?« Marek unterbrach damit die Stille.

Masume sah zu Yoki und der nickte.

»So schnell wie möglich, umso kräftiger Sakura wird umso schwächer wird Migumi. «

Ja Migumi war blass, man sah ihr an, dass sie viel Kraft und wohl auch Leben verloren hatte. Das noch vor wenigen Wochen so lebensfrohe Mädchen ähnelte nun nicht mehr wie ein Schatten ihrer selbst.

Marek nickte zu den Worten Yokis und sah Migumi an. Dann sah er zu Sako.

»Können wir uns kurz unterhalten? «

Sako nickte und erhob sich, sie gingen beide ein Stück und als sie weit genug entfernt waren sah Marek Sako an.

»Ich habe nie gewollt, dass ihrer Tochter so etwas passiert. Hätte ich gewusst, dass meine Tochter im Shinoko arbeitet, ich hätte einen anderen Weg gesucht. Ja ich bin schuldig, aber wir wissen beide, dass mich Sakura verurteilen wird. Ich bin mir auch dessen bewusst, dass ich sterben werde. Und ich verdiene es, dass wir uns richtig verstehen. Ich möchte nur, dass sie wissen, dass ich das alles wirklich bereue. «

Sako sah in den Wald und lauschte ihm, dann drehte er sich herum.

»Hören sie Herr Boskovski, wenn meine Tochter unbeschadet aus dem Schlamassel herauskommt, ja dann verzeihe ich ihnen. Das, was sie getan haben, ist ein furchtbares Verbrechen. Und nein, ich kann sie nicht verstehen. Aber niemand hat so was am Ende verdient, nicht mal sie. Ich würde sie bis ans Ende ihrer Tage einsperren. Damals wusste ich schon, dass sie was damit zu tun haben.

Ich konnte ihnen nur nichts beweisen. Aber aus Interesse, wie haben sie das gemacht?«

Marek nickte leicht und sah in den Wald.

»Nun, es hat jemand für mich gearbeitet, ein Ausländer, er verließ Japan direkt am nächsten Tag. Er hinterlässt keine Spuren ich war zuhause und hatte ein Alibi. Den Mann den sie festgenommen hatten. Und die Tat gestand, er ist verrückt und so mit ein wenig Alkohol und Geld haben wir ihn eingeredet er war es. Und er war felsenfest davon am Ende überzeugt.«

Ja so was hatte sich Sako schon fast gedacht.

»Wer war der Mann?«

Marek lächelte und schüttelte den Kopf.

»Tut mir leid, er war nur das Werkzeug, ich war die treibende Kraft, ich verrate ihn nicht, ich habe genug Leben zerstört. Er hat nur die

Bomben, es waren zwei, in das Gebäude gebracht und platziert, den Fernzünder habe ich gedrückt.«

Sako gab sich damit zufrieden, Marek hatte ihm bestätigt, was er die ganze Zeit wusste und er war froh, dass die Wahrheit doch noch ans Licht kam.

Sako sah auf und neigte den Kopf, Marek nahm den Geruch des Waldes wahr. Kurz schloss er die Augen und lächelte.

»Das werde ich vermissen. Wollen wir zurück? «

Sako drehte den Kopf und sah in den Wald, dann nickte er. Ohne weitere Worte gingen sie zurück zum Schrein.

Migumi saß neben Jin und sie vergrub ihre Hände in ihre Jacke und lehnte sich zurück.

»Er wird sterben, und ich habe das Gefühl,

dass es meine Schuld ist. Wenn wir zu diesem Heiligen Ort gehen, führe ich ihn dann nicht wie ein Lamm zur Schlachtbank?« Sie senkte ihren Blick und Jin rutschte ein wenig näher und sah sie an.

»Migumi du kannst nichts dafür. Sakura bekommt ihn so oder so. Dann lieber so bevor du noch mehr Schaden nimmst.«

War seine Meinung und die durfte man ja mal sagen. Natürlich wünschte er Marek nicht den Tod aber in gewisser Weise hatte er es schon verdient. Bei aller Liebe, er hatte getötet. Und somit zwei Leben ausgelöscht und dazu noch beinah Migumis Leben zerstört. Vielleicht sah er das auch ein bisschen zu eng. Aber so war er nun mal jeder kriegte das, was er verdiente. Oder auch Aktion-Reaktion. Ob es nun anderen passte oder nicht, das war nun mal das Leben. Ja Jin war in dem Punkt ein wenig unterkühlt. Er hasste es, wenn man mit solchen Aktion die Leben vieler aufs Spiel setzte, niemand hatte das Recht, das Leben eines anderen aufs Spiel zu setzen. Und da verstand Jin auch überhaupt keinen Spaß.

Was ihn aber in eine Zwickmühle brachte, woher nahm er sich das Recht, über Marek sein Leben zu verfügen? Verdient oder nicht Migumi hatte schon Recht würden sie ihn zum Heiligen Ort bringen taten sie genau das, was er doch an Marek verachtet hatte. Sie brachten ihn wie das Lamm zur Schlachtbank. Nein es musste noch einen anderen Weg geben.

Und Jin bemerkte es war schnell geurteilt. Aber aus seinem Blickwinkel fühlte es sich legal an. Aber das war es nicht. So wie Marek mit den Leben gespielt hatte die nicht seine waren. So war es Jin der mit seinem spielte in dem er sich im Recht befand. Änderte aber im Grunde gar nichts. Jin war nicht im Recht. Unrecht und unrecht ist nicht gleich Recht.

Aber wie löste man so einen innerlichen Konflikt?

Es musste eine Lösung geben, denn weder er noch Migumi wollten über das Leben eines anderen entscheiden. Sie hatten nämlich wie Marek keinerlei Recht dazu.

»Also ich würde sagen wir sehen uns zum nächsten Vollmond.Und der ist Morgen.

Kommt am Abend zu uns hier an den Schrein und wir gehen zur Heiligen Stätte. « Waren Yokis Worte als Sako und Marek zurück zum Schrein gekommen waren. Sako nickte Yoki zu und er sah zu Migumi.

Migumi erhob sich und lief zu Marek sie sah ihn an.

»Wenn wir Morgen zu dem Heiligen Ort gehen, dann fühlt es sich an als würde ich sie zur Schlachtbank führen.« Jin nickte zu den Worten und erhob sich ebenfalls.

»Sie hatten nicht das Recht unschuldige Leben in diese Sache hineinzuziehen. Aber ebenso haben wir nicht das Recht über ihr Leben zu entscheiden.«

Marek lauschte und er verstand den Konflikt der beiden er nickte in ihre Richtung.

»Das stimmt, aber ich habe damit

angefangen. Und ich werde es beenden und Sakura ist die Einzige, die ein Recht hat. Macht euch keine Gedanken, ich tue es freiwillig. Ich stelle mich den Konsequenzen, die mein Handeln mit sich bringen. «

Erleichtert waren beide nicht, aber immerhin sprach Marek sie mehr oder weniger frei.

»Ich werde nun gehen, ich habe noch ein paar Dinge zu erledigen und wir sehen uns Morgenabend hier am Schrein. « Er verneigte sich und Marek verließ den Schrein.

Migumi sah ihren Vater an der nickte und nahm ihre Hand.

»Wir sehen uns Morgen. Jin kommst du? «

Jin verneigte sich und folgte Migumi und ihren Vater.

Yoki sah ihnen nach und ohne seinen Kopf zu drehen, begann er zu sprechen.

»Masume-san denkt ihr, dass wir das Richtige tun? Ich glaube Sakuras Rache wird grausam sein. Können wir das verantworten?«

Masume schloss die Augen und zog an seiner Pfeife. Langsam nickte er.

»Sie wird sich so oder so rächen, alles was wir versuchen ist, dass Leben von dem Mädchen zu retten. Tun wir nichts, wird sie beide vernichten. Können wir das verantworten?«

Yoki drehte sich mit einem Mal um und sah Masume an. Der hatte die Arme verschränkt und die Augen geschlossen.

»Ja vielleicht habt ihr Recht.« Yoki verneigte sich leicht und lief in den Schrein.

Er hatte noch viel vorzubereiten.

Marek fuhr Heim er wollte noch einige Dinge regeln bevor er morgen zum Schrein fuhr.

Er schrieb seinen Eltern ein Brief, er erklärte nicht genau worum es ging nur das er für unbestimmte Zeit verschwinden würde. Was sollte er auch sonst schreiben? Die Wahrheit? Bestimmt nicht! Also gab er nur notdürftige Information weiter. Wohl auch zu ihrem Schutz, denn immerhin hatte er seine Lektion gelernt.

Er wusste nicht was der morgige Tag für ihn bereit hielt. Aber er rechnete mit dem Schlimmsten. Sein gesamtes Geld holte er bei der Bank ab und legte es in einem Umschlag.

Auf diesen schrieb er „Migumi", er hatte das Gefühl, er schulde ihr das. Er fühlte sich nämlich schuldig. Als er so in seinem Apartment saß, drehte er den Kopf und sah aus dem Fenster. Irgendwie war es komisch zu wissen, dass er heute zum letzten Male ins Bett ging. Zum letzten Male den Sonnenuntergang sah. Marek verfiel der süßen Melancholie und es wurde ihm schwer ums Herz., das es so endet damit hätte er nie gerechnet. Er machte sich keine Illusion das alles gut ausgehen würde, das würde es nämlich nicht. Sakura wollte Rache und sie würde ihn bitter bezahlen lassen. Er wusste, dass es kein Entkommen geben könnte. Also fand er sich innerlich mit der Tatsache ab. Ob gleich es ihm schwerfiel das Unausweichliche zu akzeptieren. Aber war das Leben nicht ein Spiel? Dummerweise hatte er seine Figuren falsch gesetzt. Sakura also wusste, dass er an ihrem Tod schuld ist. Demnach ergab jetzt alles ein Sinn für Marek.

Seine Bars und Restaurants die pleite gingen und auch sein Abstieg vom Millionär zum armen Schlucker. Natürlich hatte er seinen Eltern kein Wort darüber erzählt. Sie glaubten nach wie vor, dass Marek in Tokio das große Geld machte. Marek erhob sich, nahm sich ein Glas Whisky und stellte sich an das schmutzige Fenster. Er sah raus, es regnete und er konnte nichts anderes als die Straße zu betrachten. Wo sich kleine Bäche gebildet hatten. Blätter tanzten auf ihnen in einem rasanten Tempo in die nächste Rinnstein Öffnung. Der Regen klopfte im Takt auf das noch verbliebene Blätterdach. Noch waren sie nicht alle gefallen, aber der Tag war nicht mehr weit. Die Natur erstarb und Marek mit ihr. Er würde wie die Blätter fallen.

Hatte er Angst? Natürlich, nur ein Narr hätte

keine Angst.

Angst davor, dass sie ihn ewig quälen würde oder gar so langsam ausbluten ließ, dass er jede Sekunde davon mitkriegen würde. Schmerzen, die nie aufhören und ihn beinah in den Wahnsinn treiben würden.

Das alles konnte er sich vorstellen. Und leider noch viel mehr und das beruhigte ihn nicht wirklich.

Aber lag es auch in der Natur des Menschen, dass er nicht einfach aufgab. So überlegte Marek fieberhaft, ob es nicht eine Lösung gab? Es konnte doch nicht sein, dass man nichts rein gar nichts machen konnte. Damit wollte er sich nicht abfinden, aber wer könnte ihm dabei helfen?

Die Sonne versank unerbittlich und hinterließ nur Dunkelheit. Marek saß in dem dunklen

Zimmer und seine Gedanken kreisten um eine Lösung. Aber er sah keine, kein Licht am Ende des Tunnels. Seine Gedanken wurden von dieser tiefen Schwärze eingenommen. Hoffnungslos, trostlos und kein Notausstieg in Sicht.

Migumi saß in ihrem Sessel, ihre Zimmertür hatte sie verschlossen und das Licht hatte sie ausgelassen. Der Sessel stand am Fenster und sie starrte in die Dunkelheit. Sie strich über den Anhänger und war in ihren Gedanken versunken. Hinter ihrem Sessel erhob sich langsam eine Gestalt und legte die Arme nach vorne und somit Migumi über die Schultern. Sakura neigte den Kopf. Ihr Nacken knackte leise und legte ihre Wangen an Migumis. Sie war eiskalt und Migumi zuckte leicht.

»Du wirst ihn töten nicht wahr? « Migumis Stimme war ein Flüstern in der Nacht. Der Anhänger glühte leicht und Migumi spürte wie sie schwächer wurde. Sakura strich ihr über das Haar und ein Lächeln stahl sich auf ihre blassen Lippen.

»Ja das werde ich, er wird bezahlen. « War Sakuras Antwort ihre Stimme klang klirrend, aber in ihr schwang Vorfreude mit.

Migumi drehte den Kopf, sie sah müde aus blass und ausgezehrt, sie nahm Sakuras Hand und legte ihre Wange auf dieser.

»Sakura ich bitte dich höre auf. Rache wird dich nicht befreien. Lass uns versuchen deine Seele zu befreien. Möchtest du nicht ins Himmelreich? Endlich erlöst werden? «

Sakura zog ihre Hand weg und umkreiste den Sessel, vor Migumi blieb sie nach vorne gebeugt stehen und ihre Krallen gruben sich in das Polster der Armlehnen. Sie hob langsam den Kopf und plötzlich schob sie den Sessel zurück, dass er auf die gegenüber liegende Wand prallte mit dem Rückteil. Migumi erschreckte und stieß einen kleinen Schrei aus. Dabei fiel ein Bild von der Wand durch die Wucht des Aufpralls und eine Lampe fiel zu Boden, der breite Sessel hatte die Kommode neben der Wand gestreift. Sakura lachte leise und sah Migumi an.

«Willst du dich mit mir anlegen? Kleines Mädchen ich rate dir versuch es gar nicht erst.»

Migumi schluckte und sie fing an zu zittern, biss sich dabei auf die Lippe und Sakura verschwand in der Dunkelheit in einer Ecke. Migumis Hände zitterten und ihr war klar mit

Vernunft kam sie bei Sakura nicht weiter.

Migumi brauchte ein paar Minuten um die Unruhe der Sturm ihrer Gefühle in den Griff zu bekommen. Erst dann ging sie zu ihrem Vater, um ihn zu erzählen was gerade passiert war. Der den Krach sehr wohl gehört hatte aufmerksam lauschte er seiner Tochter.

Es war eher untypisch aber Migumi schlief bei ihren Eltern. Sie war aufgewühlt und umso länger sie nachdachte, umso eher wollte sie Sakura loswerden. Sie hatte ihr helfen wollen, aber Sakura war bösartig und Migumi bekam Angst vor ihr. Sie begriff, dass sie nur Mittel zum Zweck war. Ein Bauernopfer nicht mehr, nur damit Sakura ihre Rache bekam. Sie hatte rein gar nichts Menschliches mehr. Wahrscheinlich auch keine Seele, das was Sakura im Leben vielleicht ausgemacht hatte war tot, jetzt war sie nur noch ein Hassgeschwür.

Und Morgen Abend würde sie Marek bekommen, all das war zu viel für Migumi. Sicher, Marek hatte es selbst entschieden, aber Migumi tat sich schwer damit.

Wie konnte sie den Morgen guten Gewissens dabei zusehen wie Sakura Marek folterte oder ihn mitnahm?

Es ging einfach nicht, sie nahm sich fest vor, Morgen noch mal mit Jin zu sprechen, vielleicht fiel ihm ja was ein. Sie konnte nicht einfach ohne Gegenwehr Marek seinem Schicksal überlassen. Auch wenn das hieß sie musste sich mit Sakura anlegen.

Ja das würde sie am Morgen tun und den Anhänger legte sie auch direkt ab.

Sie war nicht bereit, Sakura weiter Kraft zu

geben.

Was unnötig war, die hatte Sakura bereits, sie brauchte Migumi nicht mehr. Allerdings hatte ihr der Gedanke gefallen Migumi das Leben auszusaugen, so dass sie ihren Platz im Leben einnahm. Aber sie hatte bereits eine feste Form. Und somit war Migumi nicht mehr wichtig. Nun das hieß nicht, dass Migumi frei war. Es bestand noch eine seelische Verbindung. Aber Sakura brauchte sie nicht mehr zum Überleben.

Der nächste Morgen war grau in grau. Nebel war aufgestiegen und es war kalt. Leichter Dampf strömte aus dem Mund. Auf der Wiese und den goldenen Blättern glitzerte der Raureif. Dieser tauchte alles in eine gespenstisch graue Welt der Himmel war verschleiert mit grauen Wolken, die sich bis auf die Erde erstreckten. Es war klamm und kalt und vor allem nebelig.

Es war ein dunkler, unfreundlicher Tag und Migumi schlug dieses Bild aufs Gemüt.

An ihrem Geburtstag vor wenigen Wochen war die Welt noch in Ordnung, jetzt hatte sie das Gefühl, dass alles in Scherben lag. Aber diese Scherben brachten kein Glück.

Mit ihrer Tasse heißen Tee stand sie am Fenster im Wohnzimmer und sah gedankenversunken und wehmütig heraus. Als ob dort draußen die Antwort oder die Lösung sei. Aber sie fand keine Antwort und auch keine Lösung. Sie hoffte, dass Jin eine Idee hatte und wenn nicht, dass sie beide eine Lösung finden.

Ja sie hatte Akio,Kay und auch Tsubasa

versprochen, sie auf dem Laufenden zu halten. Doch nachdem Sakura so bösartig war, wollte sie ihre Freunde da raus halten. Ob sie das verstehen würden?

Sie hoffte es von ganzen Herzen und sie würden ihnen alles erklären, aber nicht jetzt.

Der Nebel schien immer dichter zu werden und Migumi zog sich an.

Sie hinterließ einen Zettel wo drauf stand wo sie war und verließ das Haus.

Sie hatte von Jin die Adresse bekommen als sie auf der Terrasse zusammen Eis gegessen hatten. Und es war nicht schwierig, das Haus zu finden, gut es war ein Mehrfamilienhaus und alles wirkte ein wenig runter gekommen. Aber Studenten hatten nicht viel, wie sie wusste.

Es wirkte von außen ganz anders als von

innen, denn von innen war der Flur sauber und hell.

Jin lebte im ersten Stock und als Migumi klingelte, hörte sie einen Zug. Sie drehte ihren Kopf und sah die Shogo-Station.

Jin öffnete die Tür und lächelte als er Migumi sah.

»Komm doch rein, möchtest du Kaffee oder Tee? «

Migumi betrat das Apartment, es waren zwei Räume und was ihr auffiel es war sehr ordentlich nichts lag herum. Gut der Raum war spartanisch eingerichtet. Außer einer Kommode, einem Fernseher und dem Tisch gab es nichts im Wohnzimmer. Die Küche hatte eine Kochstelle, eine Spüle und zwei Hängeschränke.

Und im dem Raum direkt dem Wohnzimmer

gegenüber stand Jins Futon, er zog die Schiebetür zu und lächelte.

»In dem Raum herrscht ein bisschen Chaos meine Bücher, aber in dem Raum habe ich auch nie Besuch«, zwinkerte er ihr zu.

Migumi musste kichern.

»Ein Kaffee wäre gut, ich trinke das Zeug sonst nie, aber heute brauche ich das. Du Jin, ich bin aber nicht hier wegen Kaffee, ich na ja muss dir was erzählen. «

Jin nickte und brühte in der Küche den Kaffee auf. Migumi sah sich um.

An seiner Wand hingen einige gemalte Bilder auf der Kommode standen Bilder und sie erkannte ihren Bruder, aber auch ein, zwei Bilder von sich wie sie alle im Planschbecken standen. Oder Eis aßen. Auch Bilder seiner Schwester standen da und seiner Eltern.

Jin kam aus der Küche und Migumi nahm sich eine Tasse mit Kaffee und erzählte Jin was passiert war.

»Ich glaube, dass Sakura mich nur benutzt sie war so anders. Ich denke, dass sie nicht aufhören wird, wenn sie Marek hat. Und darum frage ich mich, ob man sie nicht ein für alle mal los werden kann mit einem Bannspruch oder so«, beendete sie ihre Ausführung.

Jin hatte bei dem Teil mit dem Sessel erschrocken zu Migumi gesehen.

»Also geht Sakura im Grunde auch schon auf dich los, wenn es nicht so läuft, wie sie will? Migumi dann müssen wir eine Lösung finden, denn jetzt überschreitet sie Grenzen, du bist nicht länger ihre Kraftquelle, sie braucht dich nicht mehr. Sie würde dich opfern um an ihr Ziel zu kommen. So klingt das für mich. «

Ließ Jin seine Gedanken freien Lauf. Migumi lauschte ihm, sie drehte den Kopf langsam zum Fenster. Ihr Blick schien in die Ferne zugehen. Seine Worte halten in ihrem Kopf wieder und langsam nickte sie. Dieser Gedanke war schrecklich und jagte ihr Angst ein.

Es wurde Abend und während andere verzweifelt nach einer Lösung in der Stadtbibliothek suchten, war Marek dabei, alles vorzubereiten. In zwei Stunden müsste er am Schrein sein, er verstaute noch ein paar letzte Sachen und legte einen Briefumschlag auf den Tisch. Sozusagen sein letzter Wille und Testament, viel abzugeben hatte er nicht mehr. Sicher hätte er abhauen können, aber er fühlte sich schuldig wegen Migumi.

Und ein eiskalter Killer war er nun nicht, nein, er würde sich dem stellen es wurde Zeit, dass er für seine Taten bezahlte.

Davon ab wie weit würde er kommen? Als ob er fliehen könnte, vielleicht dadurch ein wenig Zeit gewinnen, aber das Ende wäre das Gleiche.

Er nahm die Statue in die Hand, mit der er damals Hana getötet hatte und er sah sich das Fabelwesen an. Ein Drache der eine Kugel hielt. Bei genauer Betrachtung die Erdkugel.

Und er umschlang den Baum des Lebens, Yggdrasil der Baum des Lebens. So hieß es in der nordischen Mythologie.

Es war nur ein Fabelwesen, die Sage eines solchen Drachen gab es man hatte nur eine hübsche Skulptur draus gemacht.

Vielleicht war das die Rache, er hatte den Drachen und auch die Welt ja selbst Yggdrasil mit Blut getränkt. Wäre er abergläubisch hätte er gesagt, dass es die Rache eben jener sind.

Und Zeit spielt für alle drei wohl keine Rolle, weder für die Welt noch für einen Drachen und für Yggdrasil schon gar nicht.

Er packte die Statue in seine Tasche, er würde sie mit nehmen. Damit hatte alles angefangen, damit würde alles enden.

Er hatte das Gefühl das schulde er Hana, nach so vielen Jahren bereute er immer noch seine Tat. Aber er durfte wohl kaum auf Gnade hoffen.

Natürlich wäre das eine süße Illusion, doch wie alle Illusionen verblassen sie und zurück bleibt nur die grausame Realität. Aus diesem Alptraum kann man nicht einfach erwachen. Er bleibt an dir haften und wie Nägel bohrt er sich in dein Fleisch und verfolgt dich.

Marek wusste, dass auch wenn er sich wünschte es wäre wirklich nur ein Alptraum.

In seinen Gedanken versunken bemerkte er nicht, dass der ganze Tag an ihm vorbeigezogen war. Und erst als er den Sonnenuntergang wahrnahm, da wusste er, dass er aus seinem Alptraum nicht erwachen würde. Es wurde Zeit.

Er nahm seine Jacke und ging zur Tür, langsam legte er die Hand auf die Türklinge und kurz hielt er inne und schloss die Augen. Er würde nie wieder hierher zurückkehren.

Er hörte den Gesang der Zikaden, war es ein Abschiedslied? Es fühlte sich in seinem

Herzen schwermütig an.

Marek erinnerte sich als er hier in Japan ankam begrüßten ihn die Zikaden mit ihren Gesang.

Er war so voller Träume und dann traf er Hana.

Und er fragte sich wie man einem Menschen so was antun konnte, dem man doch liebte?

Er hatte alles falsch gemacht und musste nun bezahlen, seltsam dass er jetzt alles nochmal erlebte und bereute.

Marek drückte die Türklinge hinunter und trat durch die Tür. Die Zeit der Reue war vorbei, es wurde Zeit das er bezahlte.

Der Togawa Schrein. Zeit der Abrechnung!

Die untergehende Sonne tauchte den Schrein

in ein orangefarbenes Flammenmeer.

Und brach dabei in die Dunkelheit des Waldes vor, aber die Schwärze verschluckte die Strahlen. Die ab gestorben Nadeln der Tannen lagen Braun und leblos am Boden.

Yoki hatte alles vorbereitet, er hatte einige Utensilien auf den Altar gelegt.

Der heilige Ort war ein Stück in den Wald hinein, Yoki wartete auf die anderen. Er wusste wie das Ritual geht, er hatte sich sehr genau informiert.

Immerhin wollten sie einen Geist herbei rufen. Yoki saß in seinem Gewand und sah in den dunklen Wald. Es wurde ihm selbst schwer ums Herz, aber wenn er es nicht tat, würde Sakura sich wohl holen was sie wollte. Und wer weiß wie es enden würde. Und wer alles verletzt werden würde. Es war ein schwerer Weg für Yoki. Er schloss die Augen und schluckte hart aber einen anderen Weg gab es nicht.

Marek hatte sich freiwillig dazu entschlossen. Er öffnete die Augen als er Geräusche vernahm, es waren Migumi ihr Vater und Jin. Sie lief auf Yoki zu.

»Können wir sie nicht in ein Gefäß sperren? Ich habe etwas darüber gelesen. «

War Migumis erste Frage und sie hielt Yoki ein Buch hin.

Der sah es sich an und schien zu überlegen, dann lächelte er und sah auf.

»Du willst ihn unbedingt retten oder? Wir können es versuchen noch ist etwas Zeit. Also lass uns sehen, was wir brauchen.«

Migumi lächelte dankbar obgleich Yoki nicht an einen Erfolg glaubte so würde Migumi wenigstens das Gefühl haben, sie habe es versucht.

Marek erschien und er wollte Migumi keinesfalls zeigen, dass er Angst hatte. Er ahnte, dass sie ein schlechtes Gewissen hatte. Und wohl daran zu knabbern hatte.

Und dabei müsste er das schlechte Gewissen haben, es war seine Schuld, dass Sakura dieses unschuldige Kind für ihre Zwecke missbrauchte.

Er blieb vor ihr stehen und lächelte.

»Migumi was immer passiert, es ist nicht deine Schuld. Ich bin es, der das heraufbeschworen hat, schon vor Jahren. Ich entbinde dich jeder Schuld hörst du? «

Sako biss sich auf die Lippe, als er sah wie seine Tochter anfing zu weinen. Sie stolperte vor und drückte Marek, sie schluchzte.

»Es tut mir so leid, ich weiß nicht, wie ich Sie retten kann. Ich hoffe es aber jedes Leben ist wertvoll egal was man getan hat. Ja das was Sie getan haben ist schrecklich. Und doch verdient jeder die Chance seine Taten zu bereuen. Und wenn ich Sie Sakura überlasse, bin ich dann so anders als Sie? «

Marek sah verblüfft in den Wald bei Migumis Worten, er streichelte ihr dann langsam über den Kopf als sie still war.

»Aber ich habe bereut seit Jahren und alles was jetzt passiert ist was ich verdiene. Dein Vater würde mich für meine Taten einsperren, zu Recht. Ich tötete so viele unschuldige Menschen. Migumi denkst du nicht, dass anstatt dein Vater, die Toten über mich richten sollten? Haben sie denn kein Recht, nur weil sie tot sind? «

Migumi schniefte und sah auf, es war erschreckend logisch, zumindesten klang es für Migumi so und beruhigte ihr Gewissen ein klein wenig.

Sako legte Marek eine Hand auf die Schulter, eine kleine Geste der Dankbarkeit. Er wusste, was Marek da getan hatte. Auch wenn Sako es ihm so nicht abkaufte. Sicher hatten nicht nur die Lebenden das Recht, aber wie oft forderte ein Toter sein Recht ein? Eben dafür gab es die Lebenden, die sie rächten. Und den Schuldigen zur Verantwortung ziehen.

Aber er gab zu, dass Sakura sich nicht an diese Regeln hielt. Und somit war Mareks Aussage auch keine Lüge. Aber er wünschte sich das. Das konnte Sako ihm ansehen, und er verstand ihn. Sako verstand nicht wie ein so vernünftiger Mensch, der auch noch seine

Tochter beruhigt dazu kommt so viele Menschen zu töten. Hier versuchte er mit allen Mitteln Migumi zu schützen.

Sako verstand es nicht und als Yoki sich erhob und nickte.

»Sollen wir? Es wird Zeit. «

Wusste Sako, dass Marek dieses Geheimnis mit sich nehmen würde.

»Muss meine Tochter unbedingt dabei sein? Oder reicht der Anhänger? « Wollte Sako wissen und hatte sich an Yoki gewandt. Der sah Migumi an.

»Der Anhänger reicht, sobald Sakura von dem entbunden ist verliert sie auch den Kontakt zu Migumi. Sie muss sich das nicht ansehen. «

Jin stellte sich neben Migumi.

»Dann bleibe ich bei ihr, ich sehe Geister und

sehe ob Sakura noch an ihr gebunden ist. Wenn ja kann ich es euch sagen und ihr wisst es schlug fehl.«

Marek nickte er wollte nicht das Migumi Zeuge dessen wird was da passieren würde.

Sie gab Yoki den Anhänger und sah Marek noch mal an, ihre Augen füllten sich wieder mit Tränen und er zwinkerte ihr nur zu.

»Mach es gut Migumi, lerne fleißig und genieße jeden Augenblick. «

Er drehte sich herum und ging den Pfad in den Wald hinunter, Yoki nickte und folgte Marek. Sako legte seine Hände auf Migumis Schultern und seine Stirn an ihre.

»Es wird alles gut, wie Marek sagte es ist das Recht der Geister. Ich bedauere es selbst. Das weißt du ja? Aber geht das so weiter habe ich Angst dich zu verlieren.«

Migumi drückte ihren Vater und nickte. Er löste sich und ging den Pfad entlang. Migumi drückte sich an Jin und beide setzten sich auf die Terrasse. Sie konnten nur warten abwarten und beten.

Der heilige Ort war eine Lichtung im Wald. Ein Kreis aus Steinplatten mit merkwürdigen Symbolen und in der Mitte stand ein Sockel aus Stein. Auf diesen war ein Kristall in den Stein eingelassen, er war blutrot. Yoki legte Kräuterbündel um den Steinkreis am Boden herum. Und er murmelte leise was. Dann ging er zu Marek und öffnete eine kleine Dose, in ihr war eine Paste. Yoki tupfte den Finger rein und malte Marek ein Zeichen auf die Stirn. Dann ging er zu dem Kristall drehte sich und sah Marek und Sako an.

»Also Herr Toshi und ich werden gleich außerhalb des Kreises stehen. Sie Herr Boskovski, gehen Schritt für Schritt dem Kristall entgegen. Ich werde dabei einige Formeln aus dem Buch beschwören. Nach jeder Formel machen sie einen Schritt verstanden? «

Marek sah zu Sako und nickte dann.

»Verstanden!«

Marek erkannte das es Sieben Kreise waren bis zum Sockel. Also musste Yoki sieben Beschwörungen lesen. Natürlich hatte er Angst aber er musste es tun. Vor allem für Migumi.

»Sobald sie am Sockel sind, müsste Sakura erscheinen, dann lege ich den Anhänger auf den ersten Kreis und zerschlage ihn. Damit müsste Sakura von Migumi gelöst sein.

Bedeutet aber auch, dass sie unberechenbar sein kann. Dann ist auch Sakura frei.«

Marek nickte und holte tief Luft, er schloss kurz die Augen nickte wieder und lächelte.

»Legen wir los bevor ich es mir anders überlege. «

Sako musste zugeben, er bewunderte Marek ein wenig, er war bereit ein selbstloses Opfer anzubieten. Er fragte sich, warum Marek dann getötet hatte. Denn für einen eiskalten und schlechten Menschen hielt er ihn nicht. Er hatte ein Gewissen sonst würde er das hier nicht machen.

Was war schiefgelaufen? Dass er so reagierte und so ein Mist gebaut hatte. Das wusste wohl nur Marek und Zeit für eine Beichte blieb dann wohl nicht.

Yoki verließ den Kreis und Sako stellte sich

neben ihm. Marek nahm seine Position vor dem ersten Ring ein und wartete. Yoki las eine Beschwörung.

»Erst als ich geboren, fühlte ich die Macht. Alles Leben war verbunden. So rufe ich zu dieser Stunde zwischen Tag und Nacht. Die Alten, die Ahnen das Portal ist geöffnet zwischen Tag und Nacht. Kommt hervor und öffnet mir den ersten Ring auf meiner Reise. «

Yoki tropfte aus einem Fläschchen eine Flüssigkeit auf den Ring, der fing leicht an zu schimmern und Marek hob den Kopf und Yoki nickte. Marek setzte einen Fuß vor und trat auf den Ring.

Yoki fuhr fort.

»Erst als ich geboren, fühlte ich die Macht. Alles Leben war verbunden. So rufe ich zu dieser Stunde zwischen Tag und Nacht. Die Stürme des Nordens der Atem der Kami! Kommt hervor und tanzt durch die Blätter des Waldes und öffnet mir den zweiten Ring auf meiner Reise. «

Wieder träufelte er und der zweite Ring schimmerte. Marek ging einen Schritt vor.

Und wieder erhob Yoki seine Stimme.

»Erst als ich geboren, fühlte ich die Macht. Alles Leben war verbunden. So rufe ich zu dieser Stunde zwischen Tag und Nacht. Das unsichtbare Volk die Stimme des Waldes!

Kommt hervor und flüsterte leise den alten Namen des Waldes und öffnet mir den dritten Ring auf meiner Reise. «

Es wiederholte sich und Marek tat einen Schritt vor.

»Erst als ich geboren, fühlte ich die Macht.

Alles Leben war verbunden. So rufe ich zu dieser Stunde zwischen Tag und Nacht. Die Hüter der Tiere! Kommt hervor und lasst die Herzen der Tiere und Menschen im Einklang schlagen. Und öffnet mir den vierten Ring auf meiner Reise.«

Marek tat einen Schritt und stand auf den vierten Ring.

Yoki griff in seinen Beutel und warf eine Handvoll Kräuter auf die Steinringe.

»Erst als ich geboren, fühlte ich die Macht. Alles Leben war verbunden. So rufe ich zu dieser Stunde zwischen Tag und Nacht. Die vier Säulen dieser Welt! Beherrscht von den Winden des Nordens, Osten, Süden und Westens. Ihr kennt alle Wege, ihr kennt jeden Winkel dieser Welt. So öffnet mir die letzten drei Ringe auf meiner Reise.«

243

Diesmal schüttet er die Flasche und die letzten drei Ringe fingen an zu schimmern und Marek ging langsam bis zur Säule.

Yoki blätterte um und Sako sah sich das neugierig an. Es war schon merkwürdig, aber er hatte in der letzten Zeit gelernt, dass es viel Merkwürdiges gab.

Yoki erhob wieder seine Stimme.

»Es ist an der Zeit, das die Tore sich öffnen, ich rufe dich Geist mit dem Rachegefühl. Sakura ich bitte dich höre meine Worte und trete über die Schwelle in die Ringe, der Alten der Stürme des unsichtbaren Volkes und der Hüter der Tiere. Ich banne dich in die Kreise der vier Pfeiler dieser Welt finde dein Platz am Kristall. Löse dich von dem Unschuldigen und gebe frei was niemals dir gehörte. Höre meine Worte das ist der uralte

Pakt. Ich habe dich beschwören und führe diesen Pakt aus.«

Yoki hockte sich hin legte den Anhänger auf den ersten Ring und zerschlug ihn mit einem Stein. Die Ringe glühten in Wellen auf vom äußeren zum inneren.

Marek sah zu den Beiden und als er den Kopf drehte, stand Sakura nur wenige Zentimeter von ihm entfernt. Sie schien zu flackern ihre Umrisse verschwammen immer wieder wie bei einem alten Fernseher, der den Geist aufgab.

Als ihm bewusst wurde was er da dachte, ja das war doch ein Schenkelklopfer.

Sakura drehte langsam den Kopf, sie hielt ihn dabei aber schräg und schien zu Yoki zu sehen.

Marek wollte nicht, dass es eskaliert, also sah

er sie an.

»Sakura du willst mich! Lass Migumi in Ruhe ich bin hier und werde nicht gehen. Tu was du willst, aber verlasse die Welt der Lebenden. Es ist genug!«

Sakura hob den Kopf sah Marek an und lachte leise.

»Vater mein, ich bin nicht alleine, ich reiße dir dein Herz heraus. Und dann esse ich es auf.«

Yoki und auch Sako konnten nur zusehen, denn die Beschwörung war ausgeführt. Sie dürfte den Kreis nicht verlassen können.

Zur selben Zeit fühlte Migumi wie eine Last von ihr verschwand und sie sah in den Wald.

»Sie, ich glaube sie hat mich freigegeben«, flüsterte sie zu Jin der nickte.

»Ja ich sehe ihre Aura nicht mehr. Sie haben

es geschafft.«

Für Marek war klar, Sakura wusste wer er war und ihm war es auch Recht.

Er breitete die Arme aus und sah seine Tochter an.

»Einzige Chance Sakura, jetzt oder nie los jetzt!«, schrie er sie an.

Sakura bewegte sich blitzschnell, griff seinen Hals und Marek sackte auf die Knie dann schmiegte sie sich an ihm und es schien als würden die Ringe erneut aufglühen. Beide versanken in diesem Licht. Als das Glühen nach ließ sahen Yoki und Sako, dass sie alleine waren, Marek und auch Sakura waren verschwunden.

Yoki streute noch ein paar Kräuter auf die Ringe und flüsterte.

»Tat vollbracht, mögen sich die Tore

schließen, es gibt kein Durchkommen mehr. Die Welt der Lebenden gehört den Lebenden.«

Kaum ausgesprochen glühten die Steine leicht und einzeln von der Säule bis zum ersten. Im Grunde das Gleiche was vorher passiert war nur umgekehrt.

Yoki sah zu Sako.

»Es müsste vorbei sein, Sakura hat was sie wollte. Migumi müsste frei sein und Sakura den Weg in die Welt der Lebenden müsste versagt sein. Hier gibt es nichts mehr woran sie sich binden kann.«

Sako war schon erleichtert und er lief direkt zum Schrein. Migumi sah auf und ihren Vater an.

»Wo ist Marek? «

Sako lächelte und drückte sie.

»Er hat sich dem gestellt, Migumi und ich denke er wird nie wieder zurück kommen, aber Sakura auch nicht mehr. «

Yoki kam langsam zurück und setzte sich, er wirkte sehr erschöpft und Jin sah ihn an.

»Sie haben diese Beschwörung durchgeführt. Yoki-san könnte ich bei ihnen in die Lehre? Seit ich klein bin sehe ich Dinge, ich denke, das ist meine Berufung. Es fühlt sich gut an zu helfen.«

Yoki lächelte und legte den Kopf zurück.

»Wisse mein Junge wir sind die Wächter der Geisterwelt. Nicht alle Geister sind wie Sakura. Wald Kami beschützen wir genau wie diesen Wald ihre magischen Orte und auch das Leben in all seinen Formen. Bist du bereit all das was du hast, herzugeben, um dich voll und ganz mit Leib und Seele den Wesen aus der anderen Welt zu verschreiben? Wir sind auch Hüter es ist nicht immer einfach, es verlangt viel von dir ab.«

Jin lauschte er sah kurz zu Migumi, die lächelte. Dann sah er Yoki an.

»Ja das tue ich Yoki-san.«

Aber was sollte Jin auf der Uni? Die Gabe die er hatte, das musste doch einen Grund haben. Er war für Migumi da und es hatte sich gut angefühlt. Er hatte den Tod seiner Schwester noch im Herzen fest verankert. Aber das machte ihn stärker, er kannte den Schmerz des Verlustes. Die Angst weil da etwas war was man nicht kannte. Er war bereit, dass er hier war hatte auch seinen Grund, vielleicht musste er sich jetzt für den Weg entscheiden. Vielleicht war er nun soweit, er glaubte nicht, dass alles ohne Grund passierte. Es gab einen

Plan für jedes Leben.

Und wer ein schlechtes Leben hatte, hatte vielleicht etwas getan in dem Leben davor und musste Buße tun.

Oder jeder war seines Glückes Schmied und es war nur einer von vielen Wegen die das Leben für Jin vorgesehen hatte.

Aber wer wusste das denn schon?

Irgendwo in der fernen Zukunft war das Leben was auf einen wartet.

Vielleicht war alles was man tut nichts weiter als sich die Zeit zu vertreiben bis man stirbt.

Und was danach kommt? Könnte eine totale Pleite sein nämlich nichts, oder etwas völlig anderes. Aber Jin fragte sich, ob das eine Rolle spielte. Erst mal Leben!

Migumi verließ mit ihrem Vater den Schrein, sie wollten nach Hause. Und Jin würde am

Schrein leben.

So schien doch alles ein gutes Ende gefunden zu haben.

Migumi besuchte die Schule und hatte sich in nur wenigen Tagen wieder völlig in ihr Leben eingefügt. Sie war ein völlig normaler Teenager mit den normalen Problemen. Nein Sakura hatte sie danach nie wieder gespürt.

Jin ging bei Yoki in die Lehre und er lernte schnell. Yoki war sehr zufrieden und ab und zu trafen sich alle am Schrein. Auch Sako hatte viel gelernt, auch dass er seiner Frau besser nichts gesagt hätte. Aber auch für ihn ging das Leben langsam wieder seinen normalen Gang.

Schien doch alles wieder in Ordnung. Wie?

Ihr wollt wissen was aus Marek wurde?

Richtig, die Geschichte ist noch nicht zu

Ende.

Für Migumi wohl schon, sie hatte ihr Leben zurück und konnte jetzt ohne Sorgen ihre Teenager Zeit genießen. Und ihre erste Liebe. Na ratet mal wer das ist?

Die süße erste unschuldige Liebe. Sie ist magisch und aufregend.

Richtig Kay war es und Migumi war wirklich glücklich, dass sie alles hinter sich lassen konnte. Und mit der Zeit wurde das erlebte nur noch Erinnerungen und auch diese verblassten, Stück für Stück.

Bis sie schlussendlich nur noch eine dunkle Erinnerung waren.

So verschwommen wie ein böser Traum.

Als Sakura mit Marek in die Steinkreise sank, musste er die Augen schließen, weil das gleißende Licht in den Augen brannte. Sekunden später öffnete er die Augen und sie schienen nicht in den Steinkreis zu sinken, sondern wieder nach oben gedrückt zu werden.

Marek sah wie das Licht erlöschte und er sah sich um. Yoki und Sako waren nicht da, auch fiel ihm auf, dass die Umrisse der Bäume ein wenig verschwommen waren. So wie der Himmel, das Gras und alles was er sah. Die

Farben waren nicht satt, sie wirkten leicht ausgebleicht. Und überall war dieser merkwürdige Nebel am Boden. Nicht sehr dicht eher Nebelschwaden. Sakura schien verschwunden. Nach einer kleinen Weile lief Marek zu dem Schrein. Aber auch dieser war leer. Bis auf die Seelen die dort herumstanden und ins nichts starrten. Marek versuchte sie anzusprechen, aber niemand reagierte.

Wo war er nur, und wo waren Yoki und Sako? Marek ahnte nicht, dass die Zeit an diesem Ort anders floss. In der Welt der Lebenden waren schon Wochen vergangen. Und für Marek nur eine kleine Weile.

Es herrschte Stille, kein Geräusch des Windes der das Laub umspielte, keine Vögel und auch sonst keine Tiere. Schwere Stille lag über diesen wundersamen Ort, sie war drückend.

Marek lief einfach den Pfad hinunter und da stand sogar sein Auto.

Also stieg er ein und fuhr in die Stadt zurück, in seinem Apartment angekommen zog er sich seine Schuhe aus. Das einzig merkwürdige war, es schien alles viel grauer. Als er in die Stadt fuhr hatte es angefangen zu regnen. Die Menschen auf den Straßen wirkten selbst wie graue Schatten. Durch den Regenvorhang wirkte alles so verschwommen und immer noch kroch der Nebel über den Boden.

Es war spät, Marek legte sich in sein Bett ein paar Stunden schlafen und Morgen würde die Welt anders aussehen.

Irgendwann in der Nacht wurde Marek geweckt, weil er spürte wie seine Decke runter gezogen wurde. Blinzelnd richtet er sich halb auf. Am Fußende hockte jemand vor seinem Bett. Innerlich zuckte Marek zusammen und verkrampfte sich. Es war Sakura, die vor dem Bett hockte und zu Marek starrte. Ein Arm legte sie auf das Bett und zog sich auf die Decke. Ihre schwarzen Haare hingen in ihrem Gesicht und er konnte sehen, dass ihre Haut verbrannt war. Die bleiche Haut schimmerte in der Nacht. Marek war mit einem Satz aus dem Bett, als er sich wieder herum drehte und zum Fußende sah, war sie verschwunden. Sein Herz klopfte wild und er hatte einen trockenen Mund. Aber er atmete aus als er sich dann aber zur Badezimmertür drehte stand plötzlich Sakura vor ihm. Nur wenige Zentimeter von seinem Gesicht entfernt. Marek stieß einen Schrei aus und stolperte zurück. Er fiel auf das Bett. Aber sie war verschwunden, hektisch sah er sich um.

»Gut ich verstehe, dann komm doch!« Er wusste nicht weiter. Er stellte sich hin und blieb reglos so stehen, er lauschte in die Dunkelheit. Er fühlte einen leichten Luftzug hinter sich und drehte langsam den Kopf. Sie stand ganz dicht hinter ihm und plötzlich hatte Marek ihre Hand auf der Schulter und Sakura schrie. Dieser Ton drang durch sein Mark und Bein und vernebelte seine Sinne er presste sich die Hände auf die Ohren doch es war sinnlos. Er fiel zu Boden und verlor das Bewusstsein.

Der Regen fiel weiter, als wollte er den Schmutz von den Straßen spülen. War das möglich?

Auf den Straßen bildeten sich Rinnsale, grau wirkende Blätter tanzten auf dieser unruhigen See für Insekten wäre es eine wilde Fahrt. Wenn sie auf den Blättern sitzen würden.

Auch in der Stadt waren keine Vögel oder andere Geräusche zu hören bis auf den Regen der erbarmungslos trommelte. Nicht mal der Wind peitschte die Tropfen durch die Gegend. Es gab nämlich keinen. Der Regen fiel wie ein Vorhang grade herunter wie Fäden einer Seidenspinne.

Der Nebel kroch weiter über die nassen Straßen vielleicht war er ziellos oder aber er hatte ein Ziel. Aber wer konnte dass Sagen?

Wie lange er bewusstlos war konnte Marek nicht sagen, ein Schmerz durchzog seinen Körper. Als das Bewusstsein zurückkehrte, er dem Regen lauschte und die Kälte fühlte.

Langsam nahmen seine Sinne wieder Fahrt auf, so entging ihm nicht, dass er gefesselt war.

Seine Hände waren zusammengebunden hinter seinem Rücken, er war an eine Säule gebunden. Er spürte kaltes Metall in seinem Rücken.

Langsam hob er den Kopf er sah nichts als Dunkelheit, er bewegte die Füße, der Boden schien nass. Wohl von dem Regen ob er hier war, weil er ertrinken sollte?

Das würde aber dauern, da er nichts sah, schätzte er, dass der Boden anhand der Geräusche vielleicht einen Zentimeter mit Wasser bedeckt war.

Und plötzlich ging ihm ein Licht auf!

Wortwörtlich denn über ihm ging eine Lampe an, er drehte den Kopf und konnte erkennen, dass er an eine Straßenlaterne gefesselt war.

Aber weiterhin herrschte um ihn herum nur Dunkelheit.

Er ließ den Kopf sinken, wollte so in seine Gedanken flüchten als er bemerkte das ein Stück weiter vor noch ein Licht erschien. Eine zweite Laterne, dann eine dritte und eine vierte.

Er konnte nur diese Lichtsäulen sehen und natürlich die Laternen selbst, graue Straßenlaternen.

Und sonst nur Dunkelheit, wieder schien er zu warten, dass etwas passierte. Es tat sich aber nichts. Wie lange er da stand das wusste Marek nicht, er hatte kein Zeitgefühl mehr, seine Hände schmerzten. Er wurde aber aus seinen Gedanken gerissen die um Hana seine Tat und natürlich Sakura handelten als er

Schritte hörte.

Erst weit entfernt nur der Hall dann immer lauter, nur konnte Marek nicht sagen aus welcher Richtung. Erst als ein Schatten sich hinter dem Licht vor Marek bewegte sah er wie eine Gestalt ins Licht trat.

Sie breitete ihre Arme aus und setzte ein Fuß vor dem anderen als würde sie auf einem Schwebebalken balancieren.

Marek erkannte Sakura, aber es passierte etwas was Marek nicht in Worte fassen konnte.

Plötzlich schien Sakura sich auf ihn zu zubewegen als würde man ein Video mit Bild schnell vorlaufen lassen. Nicht die ganze Zeit immer nur Sekunds. Und so kam sie ihm Stück für Stück immer näher.

Bis sie vor ihm stand, er spürte ihren kalten

Atem, sah diese tiefschwarzen Löcher in ihren Kopf wo einst die Augen waren. Sakura öffnete den Mund und neigte leicht den Kopf.

»Du bist mein Vater? Du hast mich getötet und ich werde dich töten. Vater wieso hast du mich getötet?«

Marek konnte nur eines nämlich die Wahrheit sagen.

»Ich wusste nicht, dass du meine Tochter bist und dass du im Shinoko gearbeitet hast.«

Sakura lief um ihn herum und lachte leise, sie blieb dann wieder vor ihm stehen und lehnte sich an ihn.

»Vater, Mutter ist auch hier, sie hat mir einiges erzählt. An ihrem Tod bist du aber Schuld richtig?«

Marek glaubte nicht, dass er lebend hier wegkommen würde also nickte er nur.

Sakura klatschte in die Hände und legte den Kopf schief.

»Bestrafung, Bestrafung!«, jauchzte sie verzückt.

Und riss damit Marek das Hemd vom Leib, sie stellte sich vor ihn und flüsterte ihm zu.

»Sieh dort drüben hin.«

Marek tat es, er sah eine glitzernden Oberfläche wie eine Pfütze diese schien sich mit Leben zu füllen. Plötzlich schoss ein Arm nach hoben, und die Pfütze entpuppte sich als Blutlache der metallische Geruch, der zu ihm herüber weht, und auch dass es an dem Arm klebte, blind war Marek ja nun nicht. Zudem war sie mitten in einem der Lichtkegel der Straßenlaternen. Der Arm sackte wieder hinunter und verschwand, nur um wenige Sekunden später dem auftauchenden Kopf

Platz zu machen.

Ganz langsam schien eine Gestalt sich nach oben zu schieben. Das Blut tropfte die langen Haare herunter. Das Kleid war rot durchtränkt und sie krabbelte aus der Pfütze.

Marek hörte etwas, es klang wie das Knurren eines Tieres, unnatürlich bewegte sich das Wesen aus der Pfütze das Bein über den Arm, um sich dann auf die Brust zu legen und sich über den Boden zu ziehen. Den Kopf immer wieder nach oben drückend, um zu knurren.

Marek war von dem Schauspiel angewidert und fasziniert zugleich.

Und nicht aufrecht, nein kriechend, bewegte sich die Gestalt fort über den Boden in Mareks Richtung.

Zog dabei eine Blutspur hinter sich her und knurrte immer wieder auf.

»Sag Hallo zu Mutter«, flüsterte Sakura ihm ins Ohr.

Sakura nahm sich ein Messer und strich damit über Mareks Brust, sie neigte den Kopf.

»Mutter will dich haben, wenn ich fertig bin. Ihr werdet wieder für immer vereint sein. Ihr könnt heiraten!«

Also einer verlor hier absolut den Bezug zur Realität, Marek war sich durchaus im klaren das es kein Entkommen gab. Er würde jetzt bezahlen dafür, was er Sakura angetan hatte und auch Hana.

Sakura summte ein Lied und ließ die Klinge unter Mareks Haut gleiten. Sie stieß nicht zu, nein, sie schnitt seitlich in die Haut, um unter die ersten Hautschichten zu kommen. Marek schrie auf und Sakura summte nur weiter während sie die Haut fein säuberlich vom Körper trennte. Marek zuckte immer wieder und warf sich hin und her. Doch es war Sakura egal, auch dass Marek sich dadurch nur selbst Wunden zufügte.

Dieser Schmerz war zum verrückt werden und Marek brüllte den Schmerz hinaus. Aber er wurde dadurch nicht gelindert.

Gnädigerweise verlor er das Bewusstsein bei dem Martyrium und sackte in sich zusammen.

Sakura lächelte nur und trennte weiter die Haut von dem Körper sie legte seine Brust offen. Es war ein Viereck auf seiner Brust was sie raus geschnitten hatte.

Sie warf die Haut achtlos zu Boden und legte das Messer weg, dann besah sie sich ihr Werk. Blut lief den Bauch hinab und Mareks

Atmung war am Stocken und verkrampfte.

Selbst bewusstlos spürte er noch genug Schmerzen. Sakura drehte sich herum und verschwand in der Dunkelheit. Hana verharrte auf einer Stelle und sah zu Marek, ihren Kopf geneigt das Blut fing an, langsam an ihrem Körper zu trocknen.

Als Sakura zurück kam hatte sie eine kleine Flasche dabei, in dieser war eine Salzlösung.

Sie weckte Marek und dieser zog nach ein paar Versuchen seitens Sakura die Luft scharf ein.

»Vater, Vater sieh nur was ich Schönes gemacht habe.«

Mit einer Pipette zog sie einige Tropfen aus der Flasche und träufelte sie auf Mareks Brust.

Er schrie aus Leibeskräften und Sakura fing

an zu lachen.

Mareks Körper zitterte vor Schmerzen und er hatte das Gefühl, dass seine Beine nachgaben.

Sein Kreislauf drohte zu kollabieren bei den Schmerzen, es tanzten schwarze Punkte vor seinen Augen.

Wieder sackte er zusammen und begrüßte die Dunkelheit.

»Ahh! Endlich sterben das wäre so schön.«
Schoss es durch seinen Kopf, der Wunsch zu sterben war sehr groß. Er konnte nicht, der Schmerz, der in seinem Körper brannte, erinnerte ihn daran, dass er noch immer lebte. Und dumpf hörte er Sakuras Stimme in seinem Kopf.

»Noch drei Minuten dann ist es vorbei solange lebte ich als ich verbrannte bei lebendigen Leib.«

Marek begriff den Sinn hinter all dem. Sakura wollte, dass er fühlt was sie gefühlt hatte. Wie sie da lag und spürte wie die Flammen sich in ihr Fleisch fressen.

Den Schmerz, den sie fühlte, bis endlich die Dunkelheit sie einschloss und sie nichts mehr spürte. Den Wunsch den sie hatte endlich zu sterben, damit es vorbei war.

Sie gab ihm die Zeit zum Leiden, die sie hatte.

Es schien ihm wie eine Ewigkeit und er verlor seine Kräfte alle seine Muskeln verweigerten ihren Dienst.

Marek spürte wie sich was gegen ihn drückte, er versuchte die Augen zu öffnen, schaffte es aber nicht, er erkannte nur diese liebliche Stimme wieder.

»Wir gehen nachhause Marek, ich nehme dich mit.«

Fühlte er so was wie Wärme? Nahm er den Geruch von Orchideen wahr? Denn so roch Hana immer.

»Ich wollte das alles nicht Hana«, flüsterte Marek und spürte wie sein Geist weggezogen wurde. Die Schmerzen aufhörten und es sich anfühlte als ob ihm jemand eine Last von den Schultern nahm.

Langsam öffnete er die Augen, er spürte Hanas warme Hand. Er drehte den Kopf und sie lächelte, sie war wunderschön und sie wurde von einem warmen Lichtkegel umschlossen.

Sie zog ihn sanft an der Hand mit sich und Marek fühlte wie das Licht ihn erfüllte.

Es glühte auf und als es erlosch waren beide

verschwunden.

Sakura stand noch immer an ihren Platz sie neigte den Kopf und sah Marek an und verpasste ihm eine Ohrfeige. Er riss die Augen auf. Er sah verschwommen Hana und Sakura. Es war nur ein Traum gewesen? Nicht real er war noch hier?

Und die Schmerzen schlugen ein wie eine Bombe, es war nicht vorbei.

Sakura sah ihn an, sie lächelte und plötzlich schoss ihre Hand vor direkt durch seinen Brustkorb. Marek riss die Augen auf, sein Atem stockte, er spürte wie die Knochen brachen. Sakura umschloss mit der Hand das warme, weiche Herz und mit einem Ruck riss sie es aus der Brust.

Marek sackte leblos zusammen, das Blut floss aus seiner Brust und plätscherte auf den

Boden.

Sakura ging zu ihrer Mutter hockte sich vor ihr hin und gab ihr das Herz.

»Das gehört dir Mutter, lass uns gehen.«

Hana nahm das Herz sie schmiegte es an ihre Wange, dann drehte sie sich herum und kroch zurück zu der Pfütze. Sie tauchte mit dem Kopf voran hinein Luftblasen stiegen nach oben und als sie ganz verschwunden war beruhigte sich die Oberfläche der Pfütze.

Sakura folgte ihr und sah zu wie ihre Mutter darin verschwand, sie leckte sich kichernd ihre blutigen Finger nacheinander ab.

Kurz blickte sie über ihre Schulter zurück und wieder lächelte sie.

In der Stadt die so grau und kalt wirkte, fing es stärker an zu regnen. Doch nun war der Regen blutrot.

Sakura verließ den Ort und lief durch die Stadt. Der Regen tropfte ihr auf das Gesicht und sie lächelte wieder leckte sie sich dabei die Lippen.

Sie kicherte leise, die Seelen vieler Menschen waren hier gefangen, sie alle schienen kein Ziel zu haben, dass der Regen nun blutrot war störte sie nicht sie liefen weiter.

Aber ohne Ziele sie hatten keine Ziele, Träume, Wünsche oder Hoffnungen.

Sakura lief auf ein Gebäude zu, es bestand nur aus Glas und als sie vor dem Gebäude stand und in das Spiegelbild blickt was das Glas reflektiert erkannte sie Migumi.

Sie lief durch den Schnee, ihre Hände klammerten sich an einen Regenschirm, es schneite sehr stark sie schien älter.

Mindestens achtzehn ja die Zeit floss auf

Sakuras Seite ganz anders.

Sie ging einen Schritt näher und drehte den Kopf sie sah ihr nach. Wieder lächelte sie, sie streckte ihren Arm aus und der schien in das Glas zu tauchen als sie einen Schritt tat gelangte sie in die reale Welt. Sie stand im Schnee und lächelte als sie den Kopf drehte, sah sie die Seelen im Spiegelbild des Gebäudes und wie sie herum liefen.

Sakura war in der menschlichen Welt. Sie war zurück. Migumi bog um eine Ecke und Sakura legte den Kopf zurück. Sie schloss die Augen und breitete ihre Arme aus.

Sie würde noch einiges hier tun. Sie war gebannt worden, so glaubten sie alle und das sollten sie auch.

Sie brauchte Migumi diesmal nicht. Sakura lief die Straße entlang, die Welt hatte sich verändert und sie wollte sehen in wieweit.

Wie ein Schatten schlich sie durch die Stadt auf der Suche nach ihrem nächsten Opfer.

Nein sie wollte kein Frieden, sie wollte töten.

Und ihr blutiger Weg fing gerade erst an........

Es waren drei Jahre solange war Marek schon verschwunden. Migumi war erwachsen, Achtzehn mittlerweile.

Und jedes Jahr besuchte sie den Schrein und den Ort wo Marek verschwunden war.

Auch dieses Jahr sie legte einen Strauß Blumen auf die Steinringe und verweilte nur einen Augenblick in der Vergangenheit.

November, jeden November kurz vor dem ersten Schnee besuchte sie den Ort.

Damals war es Anfang November gewesen es

waren aufregende Zeiten gewesen aber Migumi vermisste sie nicht.

Arme schlangen sich um Migumis Leib und sie drehte den Kopf. Kay schmiegte sich an sie und lächelte.

»Du bist ein guter Mensch Schatz, und es ist echt süß von dir, dass du das jedes Jahr tust. Auch wenn es heute das letzte Mal ist. «

Migumi nickte lächelnd und drückte sich etwas mehr an Kay. Sie löste sich dann nach einer Weile und sie verließen den Ort Hand in Hand.

Yoki und Jin saßen am Schrein Jin sah Migumi lächelnd an und sie hielt beiden einen Umschlag hin.

»Wie schon erwähnt eure Einladungen zu meiner Verlobung. Bevor Kay und ich nach Hokkaido gehen, um zu studieren. Das war das letzte Mal das ich Blumen ablegte.«

Sie klang betrübt Jin lächelte.

»Ich kümmere mich darum. Ich werde die Blumen ablegen. Und wenn du aus Hokkaido zurück bist und dein Studium fertig hast kannst du es ja wieder tun. Wen ihr dann hier wieder lebt, versteht sich.«

Ja in den drei Jahren war viel passiert. Migumi und Kay waren ein Paar und wollten sich verloben. Sie würden beide in Hokkaido studieren.

Sie verabschiedeten sich von Jin und Yoki, und liefen zurück zum Parkplatz.

In einem knallroten Auto saß Aiko und sie schien zu warten.

Sie grinste als beide einstiegen und sah zu Migumi.

»Und möchtest du nach Hause?«

Migumi griff nickend in ihre Tasche.

»Ja bitte Aiko«, lächelte sie der Freundin zu.

Aiko startete den Motor griff nach vorne und legte lächelnd den Gang ein.

Sie verließen den Parkplatz alle wussten es aber keiner sprach es aus das Marek tot war.

Migumi hatte nie wieder was von Sakura gehört oder gespürt. Natürlich sind sie auch direkt umgezogen. In dem alten Haus waren Erinnerungen die Migumi nicht verdrängen konnte.

Und irgendwo war da noch die Angst, das etwas von Sakura zurückgeblieben war.

Diese Gedanken schüttelte sie ab. Bald schon würde sie mit Kay in Hokkaido sein.

Und obendrein verlobt sie war glücklich und tief in ihr war dennoch die Angst das Sakura vielleicht wieder kam.

Aber auch das würde immer mehr verblassen wie eine alte Erinnerung.

Sie musste nach vorne sehen oder es versuchen. Und wieder zogen die Tage vorbei der erste Schnee fiel und legte ein weißes Kleid über die Welt.

Ende November war Migumi auf den Weg zu Kay. Am nächsten Tag würden sie ihre Verlobung feiern und Mitte Dezember nach Hokkaido aufbrechen.

Es schneite und sie lief mit einem Regenschirm die Hikara Gasse entlang.

Am Ende der Gasse stand ein großes Gebäude mit Glasflächen, Migumi lief langsam daran vorbei. Sie war in Gedanken und sah auf den Boden. So bemerkte sie nicht das sie beobachtet wurde.

Migumis Gedanken schwirrten um ihre

Verlobung um Kay und um ihr Studium. Sie lauschte denn der Schnee unter ihren Füßen knirschte bei jedem Schritt, dann bog sie um die Ecke ab.

Sie freute sich auf ihre Zukunft und sie hatte ganz fest vor, ihre Vergangenheit hinter sich zu lassen. Und doch hatte das alles Spuren hinterlassen.

Migumi behielt es für sich doch als sie an dem Gebäude vorbeilief da sah sie die Seelen.

Verzerrt in dem Spiegelbild das die Glasflächen reflektierten, aber sie waren da und sie wusste es.

Vielleicht ein Geschenk von Sakura? Oder aber der Fluch der Berührten.

Sie sah die Toten aber nur in Oberflächen die reflektierten wie Spiegelbilder.

Sie wusste aber auch das sie nicht in ihre Welt konnten und das beruhigte sie.

Hinter dem Spiegel war ihre Welt, die Geisterwelt und nur weil Migumi sie sehen konnte wusste sie von ihrer Existenz.

Und manchmal wünschte sie das sie nichts wüsste. Sie sah nicht hin sie wusste ja das sie da waren.

So viel ihr Sakura nicht auf spielte es den eine Rolle? Ob sie Sakura sah oder nicht.

Migumi verschwand und ließ das Gebäude hinter sich, sie wollte ihrer Zukunft entgegen laufen. Und die Vergangenheit?

Sollte verblassen im Strudel der Zeit.

Für Migumi war es zu Ende, aber für Sakura fing es gerade erst an......

Epilog!

In dieser Geschichte die in Japan spielt, hielt ich mich an die Gebräuche.

In Japan wird erst der Nachname dann erst der Vorname genannt.

Tatami sind Matten die auf den Boden gelegt werden, klassisch ersetzen sie in Japan Teppiche.

Auch ist es eher Standard das man auf dem Boden hockt um einen niedrigen Tisch auf Kissen um zu Essen und zu Trinken.

Es ist so das man in Japan bevor man eine Wohnung betritt an der Tür innen die Schuhe auszieht. Und erst dann in Pantoffeln schlüpft die auf einer Stufe bereit stehen um die Wohnung zu betreten.

Der Schrein in dieser Geschichte ist zwar frei erfunden wie alle Figuren doch der Shintoismus ist Tatsache. Zu finden auch bei http://de.wikipedia.org/wiki/Shintō (Quelle Wikipedia)

Die Roben der Priester bestehen meist aus:

Geta: Sandalen aus Holz.

Hakama: Traditionelles Beinkleid.

Hairo: formelles Jacket.

Kleine Wortlehre:

Oyasuminasai: Gute Nacht!

Ohayo: Guten Morgen.

Gomenasai: Entschuldigung.

Konnichi-wa: Guten Tag.

Ano: Wird im Japanischen als Hm oder mhm verwendet.

O genki desu ka: Wie geht es dir?

Ja ne mata ashita: Tschüß bis Morgen.

Kami: Götter aber auch kleine Waldgeister.

Um mal ein paar Worte zu nennen, die ich bestimmt auch in dem Buch verwendet habe.

Nun dann bleibt nur zu hoffen das euch Sakura Blood gefallen hat.

Vielen Dank für's Lesen!

286